Le Pape
suivi de La Papauté, réponse au Pape de M. Victor Hugo

Victor Hugo

seconde partie par
Amelia De Bompar

Table des matières

LE PAPE
de Victor Hugo

SCÈNE PREMIÈRE
SOMMEIL

PAROLES DANS LE CIEL ÉTOILÉ	5
LES ROIS ENTRENT	8
LE PAPE SUR LE SEUIL DU VATICAN	11
LE SYNODE D'ORIENT	14
UN GRENIER	32
LE PAPE AUX FOULES	34
L'INFAILLIBILITÉ	38
EN VOYANT PASSER DES BREBIS TONDUES	42
PENSIF DEVANT LE DESTIN	46
ON CONSTRUIT UNE ÉGLISE	48
EN VOYANT UNE NOURRICE	51
UN CHAMP DE BATAILLE	55
LA GUERRE CIVILE	61
IL PARLE DEVANT LUI DANS L'OMBRE	65
MALÉDICTION ET BÉNÉDICTION	69
EN VOYANT UN PETIT ENFANT	73
UN ÉCHAFAUD	76
PENSIF DEVANT LA NUIT	84
ENTRANT À JÉRUSALEM	86

SCÈNE DEUXIÈME
RÉVEIL

RÉVEIL	93

LA PAPAUTÉ
Réponse au Pape de M. Victor Hugo d'Amélia de Bompar (1879)

DÉDICACE AU T. S. PÈRE LE PAPE LÉON XIII	97
À VICTOR HUGO	98
APPEL AU CIEL ET À LA TERRE	99
LA PAPAUTÉ, C'EST LE PARDON	101
LE CONCILE	103
L'INFAILLIBILITÉ DE LA PAPAUTÉ	105
L'INFAILLIBILITÉ DU MAGISTRAT	107
L'INFAILLIBILITÉ DE LA BANQUE DE FRANCE	109
LA PAPAUTÉ, C'EST L'UNITÉ	110
LE PAPE DEVANT LA VILLE ÉTERNELLE	112
LE DENIER DE SAINT PIERRE	113
LE PAPE DEVANT L'ARMÉE	115
LE PAPE DEVANT LA GUERRE CIVILE	116
URBI ET ORBI	118
LA FÊTE À DIEU	119
ENCORE À VICTOR HUGO	120
ECCE AGNUS DEI	122
PAPE	124
LE PAPE	128
LE PAPE — L'INFANTICIDE	132
LE PAPE ET L'INFIDÈLE	136
LE PAPE, LA CHRETIENNE	140
LE PRÊTRE	142
DÉSOLATIONS	146
LE PAPE DEVANT LA RÉPUBLIQUE	149
LE PAPE ET L'ÉGLISE DEVANT LA FANTAISIE	152
NAPOLÉON	154

LE PAPE
de Victor Hugo

SCÈNE PREMIÈRE
SOMMEIL

Le Vatican. — La chambre du Pape. — La nuit.

LE PAPE, *dans son lit.*

Ah ! Je m'endors ! — Enfin !

———

Il s'endort.

PAROLES DANS LE CIEL ÉTOILÉ

Ô vivants, hommes, femmes,
Dormez. Apaise-toi, noir tumulte des âmes.
Oubli ! trêve ! ô méchants, reposez-vous. Assez !
Vous devez être las puisque vous haïssez.
Voici l'heure de paix que la terre réclame.
Le cœur divin envoie au cœur humain sa flamme.
La pensée a grandi car le rêve est venu.
Homme, ne te crois pas plongé dans l'inconnu ;
Tu connais tout, sachant que tu dois être juste ;
Le sort est l'antre noir, l'âme est la lampe auguste ;
Dieu par la conscience inextinguible unit
L'innocence de l'homme aux blancheurs du zénith.
Va, ta tête est au ciel par un rayon liée.
La vie est une page obscurément pliée

Que l'homme en mourant lit et déchiffre en dormant.

Le sommeil est un sombre épanouissement.

Il est des voix, il est des pas, il est des ondes ;

Tout se mêle : clameurs, rumeurs, vagues profondes,

Foules blêmes, troupeaux pensifs, essaims joyeux ;

Tout marche au but divin sous les éternels yeux.

Responsabilité, pèse, voici ton heure,

Du haut des deux, et rends l'âme humaine meilleure.

Les noirs vivants ont tous au pied le même anneau.

Sens, ô berger, le poids énorme de l'agneau.

Frêles puissants, tâchez que l'ombre vous tolère ;

Le gouffre est irrité d'une bonne colère ;

Le gouffre est menaçant, mais c'est contre le fort ;

L'atome avec raison compte, lorsqu'il s'endort,

Sur la protection terrible des abîmes.

Dormez, vertus, dormez, souffrances, dormez, crimes,

Sous la sérénité du firmament vermeil.

Heureux l'homme qui sent à travers son sommeil

Que les étoiles sont sur la terre levées

Pour protéger le faible et l'humble et leurs couvées,

Qui tâche de comprendre en dormant, et qui sent

Qu'un immense conseil mystérieux descend !

Laissez passer sur vous les astres vénérables,

Et dormez. Ô vivants, princes, grands, misérables,

À cette heure au fantôme en son linceul pareils,

Ayez le tremblement du rêve en vos sommeils.
Que l'âme veille en vous !

．．．．．．．．．．．．．．．．．．．．．．．

．．．．．．．．．．．．．．．．．．．．．．．

．．．．．．．．．．．．．．．．．．．．．．．

LES ROIS ENTRENT

LES ROIS

Salut, Pape. Nous sommes
Les tout-puissants, les rois, les maîtres.

LE PAPE

Salut, hommes.

LES ROIS

Prêtre, nous sommes rois.

LE PAPE

Pourquoi ?

LES ROIS

Rois à jamais.

LE PAPE

Et Dieu ?

LES ROIS

Tu sais qu'il est sur terre des sommets.

LE PAPE

De la hauteur de Dieu je ne vois qu'une plaine.

LES ROIS

Nous sommes grands, vainqueurs, forts.

LE PAPE

Tout est l'ombre humaine.

LES ROIS

Nous sommes les élus.

LE PAPE

L'homme à l'homme est égal.

LES ROIS

Nous sommes ce que sont l'Horeb et le Galgal,
Ce qu'est le Sinaï par dessus les campagnes ;
Nous sommes une chaîne auguste de montagnes ;
Nous sommes l'horizon par Dieu même construit.

LE PAPE

Les monts ont au front l'aube et les rois ont la nuit.
Dieu n'a pas fait les rois.

LES ROIS

N'es-tu pas roi toi-même ?

LE PAPE

Moi ! régner ! non !

LES ROIS

Alors, qu'est-ce que tu fais ?

LE PAPE

J'aime.

LE PAPE SUR LE SEUIL DU VATICAN

Je parle à la Cité, je parle à l'Univers.

Écoutez, ô vivants de tant d'ombre couverts,
Qu'égara si longtemps l'imposture servile,
Le sceptre est vain, le trône est noir, la pourpre est vile.
Qui que vous soyez, fils du Père, écoutez tous.
Il n'est sous le grand ciel impénétrable et doux
Qu'une pourpre, l'amour ; qu'un trône, l'innocence.
L'aube et l'obscure nuit sont dans l'homme en présence
Comme deux combattants prêts à s'entre-tuer ;
Le prêtre est un pilote ; il doit s'habituer
À la lumière afin que son âme soit blanche ;
Tout veut croître au grand jour, l'homme, la fleur, la branche,
La pensée ; il est temps que l'aurore ait raison ;
Et Dieu ne nous a pas confié sa maison,

La justice, pour vivre en dehors d'elle, et faire
Grandir l'ombre et tourner à contre-sens la sphère.
Je suis comme vous tous, aveugle, ô mes amis !
J'ignore l'homme, Dieu, le monde ; et l'on m'a mis
Trois couronnes au front, autant que d'ignorances.
Celui qu'on nomme un pape est vêtu d'apparences ;
Mes frères les vivants me semblent mes valets ;
Je ne sais pas pourquoi j'habite ce palais ;
Je ne sais pas pourquoi je porte un diadème ;
On m'appelle Seigneur des Seigneurs, Chef suprême,
Pontife souverain, Roi par le ciel choisi ;
Ô peuples, écoutez, j'ai découvert ceci.
Je suis un pauvre. Aussi je m'en vais. J'abandonne
Ce palais, espérant que cet or me pardonne,
Et que cette richesse et que tous ces trésors
Et que l'effrayant luxe usurpé dont je sors
Ne me maudiront pas d'avoir vécu, fantôme,
Dans cette pourpre, moi qui suis fait pour le chaume !
La conscience humaine est ma sœur, et je vais
Lui parler ; j'ai pour loi de haïr le mauvais
Sans haïr le méchant ; je ne suis plus qu'un moine
Comme Basile, comme Honorat, comme Antoine ;
Je ne chausserai plus la sandale où la croix
S'étonne du baiser parfois sanglant des rois.
Peuples, jadis Noé sortit rêveur de l'arche ;
Je sors aussi. Je pars. Et je me mets en marche

Sur la terre, au hasard, sous le haut firmament,
Dans l'aube ou dans l'orage, ayant pour vêtement,
Si cela plaît au ciel, la pluie et la tempête,
Sans savoir où le soir je poserai ma tête,
N'ayant rien que l'instant, et les instants sont courts ;
Je sais que l'homme souffre, et j'arrive au secours
De tout esprit qui flotte et de tout cœur qui sombre ;
Je vais dans les déserts, dans les hameaux, dans l'ombre,
Dans les ronces, parmi les cailloux du ravin,
Errer comme Jésus, le va-nu-pieds divin.
Pour celui qui n'a rien, c'est s'emparer du monde,
Que de marcher parmi l'humanité profonde,
Que de créer des cœurs, que d'accroître la foi,
Et d'aller, en semant des âmes, devant soi !
Je prends la terre aux rois, je rends aux Romains Rome,
Et je rentre chez Dieu, c'est-à-dire chez l'Homme.
Laisse-moi passer, peuple. Adieu, Rome.

LE SYNODE D'ORIENT

LE PATRIARCHE D'ORIENT, *tiare au front, en habits pontificaux ;*
les évêques l'entourent ; mitres et chapes d'or.

Chantez,

Allégresse et louange ! ô tribus, ô cités,

Chantez dans le vallon, chantez sur la montagne.

Sabaoth est l'époux, l'Église est sa compagne,

Peuple, je suis l'apôtre, et je bénis les cieux.

Entre un homme vêtu de bure noire, une croix de bois à la main.

L'HOMME

Bénir le ciel est bien, bénir l'enfer est mieux.

LE PATRIARCHE

L'enfer !

L'HOMME

Oui, c'est-à-dire, ô prêtre, les misères.
Bénis cela. Bénis les pleurs, les cœurs sincères ;
Mais flétris, où le bien contre le mal combat ;
Bénis le dénuement, le haillon, le grabat,
Le bagne, dont la chaîne épouvantable passe ;
Bénis l'humble esprit sombré et la pauvre âme lasse ;
Bénis tous ceux pour qui jamais tu ne prias ;
Bénis les réprouvés, bénis les parias,
Et ce total des maux qui sur terre est la somme
Des salaires. Bénis l'enfer.

LE PATRIARCHE

Quel est cet homme ?

L'HOMME

Évêque d'Orient, l'évêque d'Occident
Te salue, et je suis ton frère. Sois prudent
Et sois pensif ; car Dieu, sache-le, prêtre, existe.

LE PATRIARCHE

C'est vous, Père ! vêtu d'un linceul !

LE PAPE

Je suis triste.

LE PATRIARCHE

Vous le premier sur terre !

LE PAPE

Hélas !

LE PATRIARCHE

Triste de quoi ?

LE PAPE

De la douleur de tous et de ta joie à toi.

Il fait un pas et regarde fixement le Patriache.

Prêtre, on souffre ! et le luxe odieux t'environne !

Commence par jeter par terre ta couronne.
La couronne est gênante à l'auréole. Il faut
Choisir de l'or d'en bas ou du rayon d'en haut.
Sache, ô pasteur joyeux, que les peuples frissonnent ;
Sache que le ciel pâle est plein d'heures qui sonnent
Le tocsin des berceaux, le glas des nouveau-nés.
Prends garde aux innocents dont tu fais des damnés.
Crains le mal qui flamboie et que toi-même attises
Avec tes vanités, avec tes convoitises.
Frère, ne soyons pas des prêtres désastreux.
N'imitons pas les rois qui se volent entre eux
Les Alsaces, les Metz, les Strasbourg, les Hanovres.

Prêtre, à qui donc as-tu pris ta richesse ? Aux pauvres.
Quand l'or s'enfle en ton sac, Dieu dans ton cœur décroît.
Apprends qu'on est sans pain et sache qu'on a froid ;
Les jeunes filles vont rôdant le soir dans l'ombre.
Tes rochets, ta chasuble aux topazes sans nombre,
Ta robe où l'orient doré s'épanouit,
Sont des spectres qui sont noirs et vivants la nuit,
Et qui prennent Jésus dans sa crèche et le tuent.
Sache qu'au lit public les femmes s'habituent
Parce qu'il faut céder, se rendre, et vivre enfin,
Le riche ayant le vice et le pauvre la faim.
Que te sert d'empiler sur des planches d'armoire
Du velours, du damas, du satin, de la moire,
D'avoir des bonnets d'or et d'emplir des tiroirs
De chapes qu'on dirait couvertes de miroirs ?
Ô pauvres que j'entends râler, forçats augustes,
Tous ces trésors, chez vous sacrés, chez nous injustes,
Ce diamant qui met à la mitre un éclair,
Cette émeraude où semble errer toute la mer,
Ce resplendissement sombre des pierreries,
C'est votre sang, le lait des mamelles taries,
C'est le grelottement des petits enfants nus !
C'est votre chute au fond des gouffres inconnus !
Le faste de ce prêtre, ô pauvres, représente
Ce que vous n'avez plus, votre vie innocente,
Le loyer du logis, le tison du foyer,

La dignité du cœur qui ne veut pas ployer,

Le travail qui s'accroît par l'épargne qui monte,

Votre joie, et l'honneur des femmes, et ta honte,

Prêtre ! — Rends ces trésors aux pauvres ! Rends-les tous !

Escarboucles chez eux, immondices chez nous !

Quoi ! tandis que là-haut l'immense Éternel pense ;

Tandis que sans fatigue et sans fin il dépense

La lumière, et maintient les soleils au complet,

Pour que tout marche et vive, et pour prouver qu'il est ;

Tandis que dans cette ombre où court le météore,

Il nous regarde avec ses prunelles d'aurore ;

Tandis qu'il met au monde énorme un tel ciment

Que rien ne s'est défait dans le bleu firmament

Le jour où dans le ciel que d'autres cieux pondèrent,

Les formidables vents démuselés grondèrent ;

Tandis qu'il fait rôder plus d'astres dans les cieux,

Plus d'éclairs, plus de voix, plus de bruits, plus de feux,

Plus de prodiges, noirs ou sereins, sur les grèves,

Sur les monts, dans les bois, que l'homme n'a de rêves ;

Tandis qu'il est cet être inconcevable-là.

Nous prêtres, nous vieillards, drapés d'un falbala,

Plus chargés de bijoux que des filles publiques,

Tournant vers les faux biens nos extases obliques,

Tandis que lui, celui qui ne prend ni ne vend,

Lui le sombre Seigneur de la foudre, est vivant,

Nous, sous quelque portail d'église ou d'abbaye,

Nous offrons et montrons à la foule ébahie,

Sous la pourpre d'un dais et les plis d'un camail,

Un petit bon Dieu rose avec des yeux d'émail !

Un Jésus de carton ! un Éternel de cire !

On le promène, on chante, on prêche, on le fait luire,

En marchant doucement.de crainte qu'un cahot,

En secouant l'autel, ne casse le Très-Haut !

Chaque temple a son saint qu'il rente et divinise.

Tandis que le monceau des hommes agonise

Et que la haine couve en d'âpres cœurs grondants,

Tandis que la famine aux effroyables dents

Dévore l'atelier, le grenier, la chaumière,

Nous étalons, avec des effets de lumière,

Des bonshommes de bois au fond d'un corridor,

Brodés d'or, cousus d'or, chaussés d'or, coiffes d'or ;

Nous avons des saints-Jeans et des saintes-Maries

Que nous emmaillotons dans des verroteries !

Nous dépensons Golconde à vêtir le néant.

Et, pendant ce temps-là, le vice est un géant.

Et le lupanar s'ouvre, affreux bagne des vierges !

Et je vous le répète, allumez tous vos cierges,

Faites le tour du temple en file, deux à deux,

Vous n'empêcherez pas que cela soit hideux !

Oui, pendant ce temps-là, parce qu'il faut qu'on mange,

Parce que votre luxe a pris son pain, un ange,

Une âme, une innocence entrera dans la nuit !
Pour vêtir de brocard l'idole qui reluit,
Les colombes du ciel deviendront des orfraies !
Oui, des femmes de chair et d'os, des femmes vraies,
Honnêtes, fleurs d'amour et lys de chasteté,
Paieront de leur pudeur et de leur nudité,
De toutes leurs vertus mortes et dissipées,
Votre imbécillité d'habiller des poupées !
Entendez-vous cela ! Comprenez-vous cela !
Trouvez-vous que je parle assez haut ! Dieu parla
Jadis de cette sorte aux songeurs sur les cimes ;
Et nous quand sur l'autel, pensifs, nous nous assîmes,
Prêtres, ce n'était pas pour être des démons.
Ô mes frères, aimons, aimons, aimons, aimons !

Prêtres, la croix de bois et la robe de bure,
Le front haut chez les rois, et pas d'autre courbure
Que le fléchissement des âmes devant Dieu !
Quoi ! les rois sont la roue et vous êtes l'essieu !
Le peuple est sous vos pieds, parce qu'il est la base,
Et vous faites rouler sur lui ce qui l'écrase !

Sachez que vos grandeurs sont des chutes ! Sachez
Que le fourmillement lugubre des péchés,
Ô noirs vendeurs du temple, emplit votre opulence
Et que Jésus, ayant au flanc le coup de lance,

S'est enfui, se voilant la face, n'ayant pu

Voir le peuple affamé sous le prêtre repu !

Ne pouvant voir cela, Christ a dû disparaître !

Il s'en va. Car pour lui les diamants du prêtre

Ont la même lueur que les yeux du chacal.

Ô froc de bure, ô saint haillon pontifical,

Sois ma splendeur. Je sens rentrer sous cette robe

L'âme que le manteau de pourpre nous dérobe ;

Je revis. Du linceul le prêtre est bien vêtu.

Il devient sous la bure exemple, honneur, vertu,

Serviteur de qui souffre et juge de qui règne ;

Comme il est faible, il faut que le tyran le craigne ;

Car les faibles sont pleins de la force de Dieu.

Sa robe noire passe à toute heure, en tout lieu,

Parmi les deuils, les maux, les fléaux, les désastres,

Et quand il la secoue il en tombe des astres !

Il en tombe le vrai, le bien, le beau, le grand !

Prêtres, votre richesse est un crime flagrant !

Vos cœurs sont-ils méchants ? Non, vos têtes sont dures.

Frères, j'avais aussi sur moi ce tas d'ordures,

Des perles, des onyx, des saphirs, des rubis.

Oui, j'en avais sur moi, partout, sur mes habits,

Sur mon âme ; mais j'ai vidé cela bien vite

Chez les pauvres.

LE PATRIARCHE

Seigneur et docteur, grand lévite,

Pape sublime, évêque illustre et souverain,

Les tables de la loi sont un livre d'airain ;

Nul n'y peut rien changer, pas même toi, mon père.

UN ÉVÊQUE

Il faut que l'homme souffre afin que Dieu prospère ;

L'or du temple éblouit le pauvre utilement.

Il faut la perle au dogme et l'astre au firmament ;

Il faut que les vivants, foules, essaims, mêlées,

Volent à la lueur des mitres constellées ;

Cette clarté leur est nécessaire en leur nuit.

Le temple opulent sert et l'autel pauvre nuit.

Il sied que le pasteur comme un soleil se lève.

AUTRE ÉVÊQUE

Parlons des rois avec précaution ; leur glaive

Jette à peu près la même ombre que notre croix ;

Le temple a Dieu pour base et pour cime les rois ;

Dieu croule si les rois tombent.

AUTRE ÉVÊQUE

La foule est faite

Pour le maître, qu'il soit soldat, juge ou prophète ;

Le prêtre est le premier des maîtres ; le second

C'est le roi.

AUTRE ÉVÊQUE

Le soc dur fait le sillon fécond ;
Oui, déchirons ! Ainsi l'on sème, ainsi l'on fonde ;
Et l'épi sera beau si la plaie est profonde.

AUTRE ÉVÊQUE

Frère, Dieu n'a jamais voulu qu'on le comprît.

AUTRE ÉVÊQUE

Le royaume des cieux est aux pauvres d'esprit ;
Donc peu d'écoles, point de science, un seul livre.

AUTRE ÉVÊQUE

Les peuples ont pour loi d'être en bas et de suivre ;
Et leur ascension est faite quand vers nous.
Ils montent les degrés des temples à genoux,

AUTRE ÉVÊQUE

La pensée en dehors du dogme est de l'ivraie.
C'est la justice juste et la vérité vraie
Que j'affirme. Anathème à l'homme révolté !

AUTRE ÉVÊQUE

Nous avons dans nos mains la terrible clarté.
Il faut que la lumière éclaire, ou qu'elle brûle.
Le prêtre est infidèle à son Dieu s'il recule

Et si, devant l'impie, il hésite à pencher
Le flambeau jusqu'au tas de paille du bûcher.

LE PATRIARCHE

Ce qu'on nomme aujourd'hui liberté, c'est l'abîme.
Et c'est là que dit l'effrayant Kéroubime
Debout sur le mur noir de l'infini. Croyez.
Soyez des cœurs tremblants, soyez des fronts ployés,
Obéissez. Le prince est un prêtre ; le prêtre
Est un prince. Vouloir comprendre, vouloir être,
Vouloir penser, c'est faire obstacle à Dieu. Vivants
Qui sous l'énormité redoutable des vents
Résistez, vous avez des âmes insensées.
Dieu maudit vos efforts, vos travaux, vos pensées,
Et votre raison, sœur de l'antique péché,
Et votre vain progrès, sinistrement léché
Par la langue de feu qui sort du lac de soufre.
Voilà les vérités qui jaillirent du gouffre
Le jour où sur l'Horeb le tonnerre a brillé.

LE PAPE

Frères, figurez-vous, — je me suis réveillé !

LES ÉVÊQUES

Qu'entendez-vous par là ?

LE PATRIARCHE

Qu'est-ce que tu médites ?

LE PAPE

Je ne crois plus un mot de tout ce que vous dites !

LE PATRIARCHE

Quoi ! vous seriez l'horrible et vivant démenti
De vos prédécesseurs glorieux ?

LE PAPE

J'ai senti
Un mécontentement inquiétant dans l'ombre.

LE PATRIARCHE

Le pilote aveuglé, c'est le vaisseau qui sombre.
Ne changez pas de route ! Ô Père, n'allez pas
Du côté de la nuit, du côté du trépas !

LE PAPE

Je marche vers la vie.

LE PATRIARCHE

Il faudra rendre compte.

LE PAPE

Certes !

LE PATRIARCHE

Songez au ciel. Vous en tombez.

LE PAPE

J'y monte.

LES ÉVÊQUES

Ô sombre cécité !

LE PAPE

Je vous dis que je vois.
J'étais sur un sommet doré, sur un pavois,
Dans l'encens, dans les chants et les épithalames.
J'ai senti tout à coup l'immense poids des âmes ;
Et je suis descendu, sachant que je montais.
Le dogme n'a d'appuis, l'Église n'a d'étais
Que nos fragilités ; tâchons qu'elles soient pures.
Oui, j'ai vu les douleurs, oui, j'ai vu les souillures,
J'ai vu le bien gisant, j'ai vu le mal debout,
Et j'ai songé. Ciel noir ! les crimes sont partout,
Mais il n'est qu'un coupable, et c'est le responsable.
J'ai vu les maux nombreux plus que les grains de sable,
Les forfaits plus épais que les branches des bois,
L'infâme orgie en rut, l'innocence aux abois,
Et j'ai dit en moi-même, en voyant les deux mondes
Pleins de brocanteurs vils et de vendeurs immondes :

Ce prêtre sur l'argent hideusement penché,

Ce juge qui chuchote à voix basse un marché,

Cette fille à l'œil fou, cette bohémienne,

Qu'est-ce qu'ils vendent là ? Leur âme ? Non, la mienne !

Alors j'ai pris la fuite, épouvanté, voulant

Être bon, m'arracher tous ces crimes du flanc,

Guider, sauver, guérir, supprimer les Sodomes,

Bénir, et rendre enfin Dieu respirable aux hommes !

LE PATRIARCHE

Vous avez un devoir, foudroyer.

LE PAPE

Avertir.

LE PATRIARCHE

Songez au Dieu vengeur.

LE PAPE

Je songe au Christ martyr.

LE PATRIARCHE

Roi...

LE PAPE

La chaire changée en trône est impudique.

Pauvre et nu, Jésus règne ; et, roi, le prêtre abdique.

Prêtre, j'ai le roseau de Jésus à la main ;

Roi, je n'ai plus qu'un sceptre ; et pour le genre humain

Je ne suis plus qu'un prince obéissant aux princes,

Concédant, consentant, tremblant pour mes provinces,

Courtisan du plus fort, à céder toujours prêt ;

Jamais la royauté du prêtre n'apparaît

Sans une transparence affreuse d'esclavage.

Je ne fais point partie, ô prêtres, du ravage,

Du supplice et du meurtre, et ne veux point m'asseoir

Parmi ces rois sur qui tombe l'éternel soir.

J'aime ! je sens en moi la grande clarté vivre.

LES ÉVÊQUES

Guide-nous, mais suis-nous. Pour guider, il faut suivre.

LE PAPE

Jamais. Je suis sorti, plein d'horreur et d'effroi,

De toute votre nuit ! Quoi ! l'on eût dit de moi :

Terre, cet homme avait la garde d'une idée,

La plus haute que l'ombre ait jamais possédée,

Clarté sainte au-dessus du gouffre obscur des cœurs ;

En dépit des vents noirs rapidement vainqueurs

Et vite évanouis, cet homme était le mage

Mystérieux, chargé du mutuel hommage

Que se doivent les cieux et les âmes, rapport

Et lien entre un mât frissonnant et le port,

Échange de lueur entre l'abîme et l'homme.

Quoi ! parce que de vains simulacres qu'on nomme

Princes, maîtres, seigneurs, chefs, souverains, césars,

Parce que de faux dieux, composés de hasards,

Ou du hasard de vaincre ou du hasard de naître,

Parce que des puissants que le néant pénètre

Sont venus le trouver, lui le veilleur qui n'a

Ici-bas d'autre droit que de dire Hosanna

Et de montrer du doigt là-haut l'âme éternelle,

Lui qui doit, fils de l'aube, ému, vivant en elle,

Toujours songer, pleurant sur le mal châtié,

Au moyen de changer la lumière en pitié ;

Quoi ! parce que ces rois, quoi ! parce que ces ombres,

Parce que ces faiseurs de cendre et de décombres

Sont venus à sa porte, et durs, fiers, belliqueux,

Ont dit : sois avec nous ! — cet homme est avec eux !

Quoi ! cet homme, le monde étant dans les ténèbres,

Offrait dans son bazar aux acheteurs funèbres,

Ô terreur ! le rayon qui blanchissait le ciel !

Lui l'éclaireur suprême et providentiel,

Il bénissait l'affreuse éruption des laves !

Cet homme s'était fait marchand de ces esclaves,

La vérité, l'honneur, la justice et la loi,

Prenait le droit au peuple et le donnait au roi ;

Priait pour ce qui tue et contre ce qui tombe !

Cet homme a fait lancer la foudre à la colombe !

Il a fait de Jésus le valet d'Attila !

Quoi ! l'on eût dit de moi : Regardez, le voilà !

Il avait en dépôt notre âme, il l'a perdue.

L'aurore se levait, cet homme l'a vendue !

Il a prostitué l'étoile du matin !

Non ! non !

LE PATRIARCHE

Vous blasphémez, pape !

LE PAPE

Prêtre hautain,

Sois humble ! Autel doré, dédore-toi, rayonne !

Plaie au flanc du Christ, bouche auguste qu'on bâillonne

Ouvre tes lèvres, parle, et dis la vérité !

Rentre en ton patrimoine, homme déshérité.

Femmes, enfants, ayez des droits. Peuple, aie une âme.

À moi, prêtres ! Prêchez le vrai que je proclame ;

Soyez simples de cœur. Soyez, sous le ciel bleu,

Près des petits enfants pour être près de Dieu.

Plus le pontife est doux, plus le temple est sublime.

Tout s'évanouit et s'efface autour du pape.

Quoi ! plus de prêtres ! Quoi ! plus de temple ! — L'abîme.

Tout disparaît. Jadis Babel ainsi croula.

Me voilà seul ! Plus rien que l'ombre.

UNE VOIX AU FOND DE L'INFINI

Je suis là.

UN GRENIER
L'hiver. Un grabat.

UN PAUVRE. Sa famille près de lui

LE PAUVRE

Je ne crois pas en Dieu.

LE PAPE, *entrant.*

Tu dois avoir faim. Mange.

Il partage son pain et en donne la moitié au pauvre.

LE PAUVRE

Et mon enfant ?

LE PAPE

Prends tout.

Il donne à l'enfant le reste de son pain.

L'ENFANT, *mangeant.*

C'est bon.

LE PAPE, *au pauvre.*

L'enfant, c'est l'ange.

Laisse-moi le bénir.

LE PAUVRE

Fais ce que tu voudras.

LE PAPE, *vidant une bourse sur le grabat.*

Tiens, voici de l'argent pour t'acheter des draps.

LE PAUVRE

Et du bois.

LE PAPE

Et de quoi vêtir l'enfant, la mère,
Et toi, mon frère. Hélas ! cette vie est amère.
Je te procurerai du travail. Ces grands froids
Sont durs. Et maintenant parlons de Dieu.

LE PAUVRE

J'y crois.

LE PAPE AUX FOULES

À travers la douleur, l'angoisse, les alarmes,

Du fond des nuits, du fond des maux, du fond des larmes,

Venez à moi vous tous qui tremblez, qui souffrez,

Qui râlez, qui rampez, qui saignez, qui pleurez,

Les damnés, les vaincus, les gueux, les incurables,

Venez, venez, venez, venez, ô misérables !

Je suis à vous, je suis l'un de vous, et je sens

Dans mes os votre fièvre immense, agonisants !

Venez, déguenillés, réprouvés, multitude !

Je suis le serviteur de votre servitude,

Et de votre cachot je suis le prisonnier ;

Le premier chez les rois, parmi vous le dernier.

Votre part est la bonne, elle est la plus auguste ;

Le riche a beau bien faire, être sage, être juste ;

Quiconque a les pieds nus marche plus près de Dieu.

Le ciel noir montre plus d'astres que le ciel bleu.

Je vous aime, et n'ai pas d'autre raison pour être,
Fils, le prêtre du juge et le juge du prêtre.
Je ne suis qu'un pauvre homme appartenant à tous.
Ô souffrants, aidez-moi. Je tâche d'être doux.
Venez, partageons tout, le froid, la faim, les jeûnes.
Je suis vieux chez les vieux et jeune avec les jeunes ;
Je suis l'aïeul du père et l'enfant des petits ;
J'ai tous les âges ; fils, j'ai tous les appétits,
Toutes les volontés, toutes les convoitises ;
Je suis, comme l'agneau qu'attirent les cytises,
Attiré par les deuils, les dénuements, les pleurs ;
Je veux avoir ma part de toutes les douleurs ;
J'ai droit à tous les maux qu'on souffre sur la terre ;
Je suis l'universel étant le solitaire ;
Ô pauvres, donnez-moi tout ce que vous avez,
Vos jours sans pain, vos toits sans feu, vos durs pavés,
Vos fumiers, vos grabats tremblants, vos meurtrissures,
Et le ciel étoilé, plafond de vos masures.

Ô vous qui n'avez rien, donnez-moi tout. Venez,
Tous les malheureux ! nus, sanglants, blessés, traînés
Par tous les désespoirs et sur toutes les claies ;
Apportez-moi vos fiels, apportez-moi vos plaies,
Afin qu'à votre nuit je mêle un peu de jour,

Et que je fasse avec vos haines de l'amour.

Venez, haillons, sanglots, plaintes, colères, âmes !

Fils, le malheur et moi, partout où nous passâmes

Nous avons tous les deux, chacun à sa façon,

Prouvé, lui qu'il a tort, et moi qu'il a raison.

Il a tort, car on pleure, et raison, car on aime.

Le malheur a cela de tendre et de suprême

Qu'on aime d'autant plus que l'on a plus souffert ;

Le malheur, c'est le ciel obscurément offert.

Vous avez les douleurs et moi j'ai les dictames.

Je suis l'ambitieux qui veut prendre les âmes ;

N'avoir rien secouru, c'est là la pauvreté ;

On aura des besoins devant l'éternité ;

Il serait imprudent, à l'heure où le soir tombe,

De s'offrir à celui qu'on trouve dans la tombe

Sans avoir fait d'épargne et rien mis de côté.

Souffrants, apportez-moi votre calamité.

Je suis l'aide, l'ami, l'appui. Venez, misères,

Lèpres, infirmités, indigences, ulcères,

Quiconque est hors l'espoir, quiconque est hors la loi.

La douleur m'appartient. J'appelle autour de moi

L'esprit troublé, le cœur saignant, l'âme qui sombre ;

Et je veux, entouré des détresses sans nombre,

Qui naissent sur la terre à toute heure, en tout lieu,

Arriver avec tous les pauvres devant Dieu !

Venez, vous qu'on maudit ! Venez, vous qu'on méprise !

Tous les misérables viennent autour de lui de tous côtés.

UN PASSANT

Qu'est-ce que tu fais là, vieillard ?

LE PAPE

Je thésaurise.

L'INFAILLIBILITÉ

Ah ! je suis l'Infaillible !

    Ah ! c'est moi qui vois clair !

Et Dieu ?

    Dieu ne sait pas ce que savait Kepler,
Ce que trouva Newton, ce qu'a vu Galilée ;
Il est dépaysé sous la voûte étoilée ;
Il a tous les défauts possibles ; dur, cassant,
Jaloux, inexorable, irascible ; il consent
À l'arrestation du soleil par un homme ;
Il damne l'univers pour le vol d'une pomme ;
Il foudroie au hasard, il châtie à côté ;
Il tue en bloc ; il met le diable en liberté ;
Molière le ferait sermonner par Alceste ;
Il extermine un bouge, il épargne l'inceste,
Détruit Sodome, et donne à Loth un exeat ;

Il double d'un enfer son paradis béat ;

Il ne sait ce qu'il fait, tant il est susceptible,

Et tâche de brûler notre âme incombustible

Dans un monstrueux lac de bitume et de poix.

Ah ! vous avez voulu lui mettre un contre-poids !

Oui, vous avez voulu corriger, j'imagine,

Ce Dieu qui du chaos tire son origine,

Qui maudit, sans savoir pourquoi, le genre humain,

Et qui marche en tâtant du bâton le chemin ;

Il a, certes, besoin d'un guide en sa nuit noire,

Et, grâce au compagnon qui l'aide, on aime à croire,

Malgré Pascal doutant et Voltaire niant,

Que Dieu peut-être aura moins d'inconvénient.

Donc son chien est le Pape, et je comprends qu'en somme,

L'aveugle étant le dieu, le clairvoyant soit l'homme.

Dérision lugubre ! Insulte au firmament !

Donc le Pape jamais ne chancelle et ne ment ;

Donc jamais une erreur ne tombe de sa bouche ;

L'infaillibilité formidable et farouche

Luit dans son œil suprême...

Ô nuit ! pardonne-leur !
Être un homme, un jouet quelconque du malheur,
Moins libre que le vent, plus frêle que la plante,
Le passant inquiet de la terre tremblante,
Une agitation qui frissonne et qui fuit,
Un peu d'ombre essayant de faire un peu de bruit,
Être cela ! sentir derrière soi l'abîme
Et devant soi le gouffre, et se croire la cime !
Avoir l'affreux squelette en ce vil corps charnel,
Et dire à Dieu : Je suis ton égal. Éternel !
Je suis l'autorité, je suis la certitude,
Et mon isolement, Dieu, vaut ta solitude ;
Le pape est avec toi le seul être debout
Sur cet immense Rien que l'homme appelle Tout ;
Tout n'est rien devant moi comme devant toi, maître.
Je sais la fin, je sais le but, je connais l'Être ;
Je te tiens, ma clef t'ouvre, et je suis ton sondeur,
Dieu sombre, et jusqu'au fond je vois ta profondeur.
Dans l'obscur univers je suis le seul lucide ;
Je ne puis me tromper ; et ce que je décide
T'oblige ; et quand j'ai dit : Voici la vérité !
Tout est dit. Quand je veux que tu sois irrité,
Quand j'ai dit la loi, l'ordre, et le point où commence
Ta colère, et l'endroit où finit ta clémence,
Tu dois courber ton front énorme dans les cieux !
Le grand char étoilé tourne sur deux essieux,

Dieu, le Pape.

                      Ô soleils ! astres ! gouffres des êtres !
Que dites-vous du pape infaillible, et des prêtres,
Des conciles mettant le pied sur vos hauteurs,
Que dis-tu de ce tas de sinistres docteurs,
Ciel terrible, imposant leur néant au mystère,
Et tâchant d'ajouter à Dieu le ver de terre !

EN VOYANT PASSER DES BREBIS TONDUES

Les sombres vents du soir soufflent de tous côtés.
Ô brebis, ô troupeaux, ô peuples, grelottez.
Où donc est votre laine, ô marcheurs lamentables ?
Allez loin de vos toits et loin de vos étables,
Sous le givre et la pluie, allez, allez, allez !
Où donc est votre laine, ô pauvres accablés,
Vous qui nourrissez tout, hélas ! et qu'on affame ?
Peuple, où donc sont tes droits ? Homme, où donc est ton âme ?
Ô laboureur, où donc est ta gerbe ? Ô maçon,
Constructeur, bâtisseur, où donc est ta maison ?
Où donc sont les esprits mis sous votre tutelle,
Docteurs ? Et ta pudeur, ô femme, où donc est-elle ?
Hélas ! j'entends sonner les clairons triomphants ;
Vierge, où sont tes amours ? mère, où sont tes enfants ?
Grelottez, ô bétail dépouillé, pauvres êtres !

Votre laine n'est pas à vous, elle est aux maîtres,
Elle est à ceux pour qui le chien aboie, à ceux
Qui sont les rois, les forts, les grands, les paresseux !
À ceux qui pour servante ont votre destinée !

C'est à vous cependant que Dieu l'avait donnée,
Cette laine sacrée, et dans la profondeur
Dieu maudit les ciseaux lugubres du tondeur !
Ah ! malheureux en proie aux heureux ! Honte aux maîtres !
Où donc sont ces bergers qu'on appelle les prêtres ?
Nul ne te défend, peuple, ô troupeau qui m'es cher,
Et l'on te prend ta laine en attendant ta chair.

La nuit vient.

Ils courent par moments ; les coups inexorables
Pleuvent, et l'on croit voir, avec ces misérables,
La vérité, le droit, la raison, l'équité,
Tout ce qu'on a de juste au fond du cœur, fouetté !
Où donc la conduit-on, cette foule hagarde,
Tremblante sous le soir terrible ? qui la garde ?
Comme ils sont harcelés, effrayés, éperdus !
Où vont ces sombres pas par derrière mordus ?
Ils courent... — on dirait le passage d'un songe.

La bise souffle et semble un serpent qui s'allonge.
Est-ce que le mystère est lui-même contre eux ?

Pourquoi tant d'aquilons sur tant de malheureux ?

S'il est des anges noirs volant dans ces ténèbres,

Je les implore ! ô vents ! grâce ! ô plafonds funèbres,

Ayez pitié ! l'on souffre. Ah ! que d'infortunés !

Qui donc s'acharne ainsi sur les pauvres ? Donnez

D'autres ordres, esprits de l'ombre, à la tempête !

Dans l'échevèlement sauvage du prophète

Le vent peut se jouer, car le prophète est fort ;

Mais soufflant sur le faible en pleurs, le ciel a tort.

Oui, je te donne tort, ciel profond qui m'écoutes ;

C'est trop d'ombre. Oh ! pitié ! Des deux côtés des routes

Tout est brume, erreur, doute ; et le brouillard trompeur

Les glace et les aveugle ; ils ont froid, ils ont peur.

L'obscurité redouble.

De qui ce vent farouche est-il donc le ministre ?

Allez, disparaissez à l'horizon sinistre.

Passe, ô blême troupeau dans la brume décru.

Que deviennent-ils donc quand ils ont disparu ?

Que deviennent-ils donc quand ils sont invisibles ?

Ils tombent dans ce gouffre obscur : tous les possibles !

Ils s'en vont, ils s'en vont, ils s'en vont, nus, épars

Sur des pentes sans but, croulant de toutes parts.

Ô pâle foule en fuite ! ô noirs troupeaux en marche !

Perdus dans l'immense ombre où jadis flottait l'arche !

Nul deuil n'est comparable à l'affreux sort de ceux

Qui s'en vont ne laissant que du rêve après eux.

Le destin, composé d'énigmes nécessaires,

Hélas ! met au-delà de toutes les misères,

De tout ce qui gémit, saigne et s'évanouit,

Le morne effacement des errants dans la nuit !

PENSIF DEVANT LE DESTIN

Tout ce qui pense, vit, marche, respire, passe,
Va, vient, palpite, naît et meurt, demande grâce.
Il n'est pas sur la terre un homme qui n'ait fait
Une faute ; et le sort des neveux de Japhet
C'est de souffrir ; chacun verse une larme amère,
La mère sur l'enfant et l'enfant sur la mère.
Pourquoi tant de détresse et de calamité ?
Pourquoi le grondement du gouffre illimité ?
Pourquoi le côté noir du dogme et de la bible ?
Parce que nous péchons. De là l'ombre terrible,
Et les religions toutes pleines d'enfers.
Tous les abîmes sont à notre marche offerts.
Terreur ! dit Eleusis. Damnation ! dit Rome.
De la bête de proie à la bête de somme,
Du soldat au forçat, du serf à l'empereur,

Tout est vengeance, effroi, haine, morsure, horreur.
L'être créé n'a droit qu'à des destins funèbres ;
La menace lui tend le poing dans les ténèbres.
Avance, c'est la nuit. Recule, c'est l'enfer.
Homme, il est Prométhée ; ange, il est Lucifer.

ON CONSTRUIT UNE ÉGLISE

L'ARCHEVÊQUE

Hommes qui bâtissez une église, il importe
D'en faire magnifique et superbe la porte
Pour que la foule y puisse entrer facilement ;
Employez-y le bronze et l'or, le diamant,
L'onyx, le saphir ; rien n'est trop beau pour l'église ;
Que la façade soit auguste, et qu'on y lise
Ce nom, Jéhovah, comme à travers des éclairs ;
Que le clocher répande un hymne dans les airs
Et que son tremblement se communique aux âmes ;
Et que le peuple sente, enfants, vieillards et femmes,
En regardant ce temple avec un saint frisson,
Qu'on a sur le seigneur mesuré la maison
Et la grandeur du lieu sur la grandeur de l'hôte ;
Que la crypte soit vaste et que la nef soit haute ;

Que l'homme entende là passer confusément
La faute et le pardon, divin chuchotement ;
Que le saint-livre ouvert soit sur la sainte-table ;
Que l'évêque ait son trône et Jésus son étable ;
Que les prêtres, par qui vos torts sont expiés,
Aient une natte épaisse et tiède sous leurs pieds ;
Que l'âme croie, en l'ombre où flottent les saints-voiles,
Entrevoir une obscure éclosion d'étoiles
Comme au fond des forêts dans la vapeur des soirs ;
Qu'on y sente osciller les vagues encensoirs ;
Que l'autel, entouré d'un solennel murmure,
Ait la splendeur sinistre et sombre d'une armure,
Car le céleste esprit combat l'esprit charnel,
Et nul ne doit sans crainte approcher l'Éternel ;
Pas d'ornement grossier, pas de matières viles ;
Quand Salomon disait aux bâtisseurs de villes :
— Bâtissez sur la roche et non sur le limon —
Hiram, maçon du temple, écoutait Salomon ;
Donc obéissez-moi. Faites un fier mélange
Du Raphaël pudique et du grand Michel-Ange ;
Peignez sur la muraille Adam qu'Ève tenta,
Moïse au Sinaï, Jésus au Golgotha,
Les Géants terrassés malgré leur haute taille,
Job, et l'effarement des chevaux de bataille ;
Tout ce qui foudroya, tout ce qui rayonna,
Festin de Balthazar et noces de Cana,

Doit faire flamboyer et resplendir les fresques ;

Mariez l'arc lombard aux ogives moresques ;

Que la statue alterne avec les noirs tableaux ;

Une église doit être un large espace, enclos

De bons murs, préservé des vents et des tempêtes ;

Prêtres, emplissez-la de fleurs les jours de fêtes ;

Tout ce qui vient du ciel, l'église le contient ;

Un roi qui la voudrait orner comme il convient,

Épuiserait Golconde et n'y pourrait suffire ;

Prodiguez-y l'airain, le jaspe et le porphyre

Que n'atteint pas la rouille et ne mord pas le ver.

LE PAPE

Et mettez-y des lits pour les pauvres l'hiver.

EN VOYANT UNE NOURRICE

Mère, je te bénis. La nourrice est sacrée.

Après l'éternité la maternité crée ;

Eve s'ajoute à Dieu pour compléter Japhet ;

Et l'homme, composé d'âme et de chair, est fait

Du rayon de l'abîme et du lait de la femme.

L'ineffable empyrée est une vaste trame

De souffles, de beauté, de splendeur et d'amour.

Qu'est-ce que la nature ? Un gouffre, un carrefour,

Une rencontre ; et tout vient pêle-mêle éclore.

Ce que la femme donne à l'enfant, c'est l'aurore ;

Il coule autant de jour d'un sein que d'un soleil ;

D'une sombre mamelle au fond du ciel vermeil

Les étoiles sont l'une après l'autre tombées ;

Les Pléiades en haut, en bas les Machabées,

Sont des groupes pareils ; toute clarté descend

Et devient notre esprit et devient notre sang.

Et dans tous les berceaux l'infini recommence ;

Et l'Éternel emploie à la même œuvre l'immense,

En ce monde où l'enfant sans l'astre est incomplet,

La goutte de lumière et la goutte de lait.

Ô bénédiction, sois à jamais sur l'homme !

Rêveur.

Et pourtant, ô vivants, quand je songe à Sodome,

À Carthage, à Moloch, à tous vos noirs exploits,

À tous les attentats faits par toutes vos lois,

Je frissonne. Dracon est pire que Tibère.

L'aréopage est l'antre où Satan délibère.

Vous avez eu raison d'aveugler la Thémis

Par qui tant de forfaits stupides sont commis,

Car souvent, en voyant le mal, la violence

L'emporter, elle aurait horreur de sa balance.

Il arrive parfois que les lois d'ici-bas,

Lois qui frappent Jésus et sauvent Barabbas,

Lois dont l'étrange glaive au hasard tranche et tombe,

Du cri d'un nouveau-né font l'appel de la tombe.

Oui, l'épouvante en est venue à ce degré.

Un jour, je m'en souviens, — quand j'étais égaré

Jusqu'à me croire roi, moi qui suis ton esclave,

Ô devoir ! — sous les murs d'un cachot, froide cave,

J'ai vu, c'était à Rome, une femme attendant.

On l'avait condamnée au gibet, et pendant

Qu'on dressait la potence et qu'on creusait la fosse,

Cette femme avait dit au juge : Je suis grosse.

Et le juge avait dit : Soit. Alors, attendons.

— Oh ! si je ne sentais le ciel plein de pardons,

Comme je frémirais pour l'homme et pour son âme ! —

Qu'est-ce qu'on attendait ? ceci : que cette femme

Donnât la vie, afin de lui donner la mort.

Ainsi les hommes font dans l'énigme du sort

Pénétrer leurs décrets sans que leur raison tremble !

La mort, la vie, étaient sur cette femme ensemble.

Leur lueur éclairait le cachot étouffant ;

Horreur ! à chaque pas de l'une vers l'enfant

L'autre faisait un pas vers la mère, et, dans l'ombre,

Vers elle, l'un riant et charmant, l'autre sombre,

Et chacun apportant la clef de la prison,

Deux fantômes venaient du fond de l'horizon.

Être en proie à la loi ! Quel deuil ! — Mon cœur se serre.

Ainsi le code humain peut finir, ô misère !

Par avoir la figure obscure d'un bandit !

Et l'enfant, si le ciel l'eût fait parler, eût dit :

Tu commences, ô loi, par me tuer ma mère.

Ô triste loi sans yeux, dans cette angoisse amère,

La malheureuse a beau trembler, frémir, prier,

Tu charges son enfant d'être son meurtrier ;

Son sang tient mon berceau, déjà sombre, encor vide,

Et de moi, l'innocent, tu fais un parricide.
Tu me fais faire un crime à moi qui ne suis pas.
Je nais, je tue. — Hélas ! — La loi prend un compas,
Pèse l'urne du mal, la trouve peu remplie,
Mesure un crime, ajoute un meurtre, multiplie
Un attentat par l'autre, un forfait par un deuil,
Dans un affreux berceau fait éclore un cercueil,
Attend qu'un enfant naisse, ordonne qu'on bâtisse
Un tombeau sur sa tête, et dit : C'est la justice !
Elle veut, au milieu de ce saint univers,
Quand les cieux versent l'aube et sont tout grands ouverts,
Devant le jour sans fin, devant l'azur sans voiles,
Dans le fourmillement des fleurs et des étoiles,
Qu'une mère éperdue ait horreur du moment
Où son enfant naîtra sous le bleu firmament ! —
J'ai vu cela. Si bien que cette misérable
Était là, regardait fuir l'heure inexorable,
Écoutait dans la nuit le glas dire : Il le faut !
Et sentait dans son sein remuer l'échafaud.

UN CHAMP DE BATAILLE
Deux armées en présence

LE PAPE

J'ai peur. Je sens ici comme une âme terrible.

L'homme est la flèche, ô cieux profonds, l'homme est la cible !

Mais quel est donc le bras qui tend cet arc affreux ?

Pourquoi ces hommes-ci s'égorgent-ils entre eux ?

Quoi ! peuple contre peuple ! ô nations trompées !

S'avançant entre les deux armées.

De quel droit avez-vous les mains pleines d'épées ?

Que faites-vous ici ? Qu'est-ce que ces pavois ?

Que veulent ces canons ? Hommes que j'entrevois,

Dans l'assourdissement des trompettes farouches,

Plus forts que des lions et plus vains que des mouches,

Pour le plaisir de qui vous exterminez-vous ?

Tous n'avez qu'un seul droit, c'est de vous aimer tous.

Dieu vous ordonne d'être ensemble sur la terre.

Dieu, sous sa douce loi, cache un devoir austère ;

Comme à l'érable, au chêne, à l'orme, au peuplier,

Il vous a dit de croître et de multiplier.

Aimez-vous. Les palais doivent la paix aux chaumes.

Ô rois, des deux côtés vous voyez des royaumes,

Des fleuves, des cités, la terre à partager,

Des droits pareils aux loups cherchant à se manger,

Des trônes se gênant, les clairons, les chimères,

La gloire ; et moi je vois des deux côtés des mères.

Je vois des deux côtés des cœurs désespérés.

Je vois l'écrasement des sillons et des prés,

La lumière à des yeux pleins d'aurore ravie,

Le deuil, l'ombre, et la fuite affreuse de la vie.

Je vois les nations que la mort joue aux dés.

Mais qui donc êtes-vous, hommes qui m'entendez ?

Quoi ! vous êtes le nombre et vous êtes la force !

Vous êtes la racine et la tige et l'écorce,

Le feuillage et le fruit de l'arbre universel ;

Le désert et le sable, et la mer et le sel

Sont à vous ; vous avez toutes les étendues ;

Si vous voulez planer, vos ailes éperdues,

Hommes, ont l'infini pour s'y précipiter ;

Vous pouvez rayonner, adorer, enfanter ;

Les astres et les vents vous donnent des exemples,

Les vents pour vos essors, les astres pour vos temples ;

Vous êtes l'ouvrier qui tient tout dans sa main ;
Vous êtes le géant de Dieu, le genre humain ;
Et vous aboutissez à de vils chocs d'armées !
Et le titan se fait le forçat des pygmées !
Vous êtes cela, peuple, et vous faites ceci !
Mais alors l'impossible existe ! Oui, c'est ainsi !
C'est parce que deux rois, deux spectres, deux vampires,
Parce que deux néants s'arrachent deux empires,
Parce que l'un, ce jeune, et l'autre, ce vieillard,
Semblent grands à travers on ne sait quel brouillard,
Étant, le jeune, un fou, le vieux, un imbécile,
C'est parce qu'un vain sceptre entre leurs mains oscille
À tous les tremblements du vice et de l'erreur,
C'est parce que ces deux atomes en fureur
S'insultent, qu'on entend, ô triste foule humaine,
Ô peuples, sans savoir pourquoi, dans cette plaine
Votre stupidité formidable rugir !
Vous êtes des pantins que des fils font agir ;
On vous met dans la main une lame pointue,
Vous ne connaissez pas celui pour qui l'on tue,
Vous ne connaissez pas celui que vous tuerez.
Est-ce vous qui tuerez ? est-ce vous qui mourrez ?
Vous l'ignorez. Demain, la mort ouvrant son aile,
Vous entrerez dans l'ombre en foule, pêle-mêle,
Sans que vous puissiez dire au sépulcre pourquoi.
Oui, du moment que c'est décrété par un roi,

Par un czar, un porteur quelconque de couronne,

Sans rien comprendre au bruit menteur qui l'environne,

À tâtons, sans savoir si l'on est un bandit,

On n'écoute plus rien ; battez, tambours, c'est dit ;

Vite, il faut qu'on se heurte, il faut qu'on se rencontre,

Qu'un aveugle soit pour parce qu'un sourd est contre !

Vous mourez pour vos rois. Eux, ils ne sont pas là.

Et vous avez quitté vos femmes pour cela !

Vous jeunes, vous nombreux et forts, malgré leurs larmes,

Vous vous êtes laissés pousser par des gendarmes

Aux casernes ainsi qu'un troupeau par des chiens !

En guerre ! allez, Prussiens ! allez, Autrichiens !

Ici la schlague, et là le knout. Lauriers, victoire.

À grands coups de bâton on vous mène à la gloire.

Vous donnez votre force inepte à vos bourreaux

Les rois, comme en avant du chiffre les zéros.

Marchez, frappez, tuez et mourez, bêtes brutes !

Et vos maîtres, pendant vos exécrables luttes,

Boivent, mangent, sont gais et hautains ; et, contents,

Repus, ont autour d'eux leurs crimes bien portants ;

Vous allez être un tas de cadavres dans l'herbe,

Laissant derrière vous, sous le soleil superbe

Et sous l'étonnement des cieux, de vieux parents,

Et dans des berceaux, plaints par les nids murmurants,

Ô douleur, des petits aux regards de colombe ! —

Eh bien non ! je me mets entre vous et la tombe.

Je ne veux pas ! Tremblez, c'est moi. Je vous défends
De vous assassiner, monstres ! — ô mes enfants ! —
Jetez-vous dans les bras les uns des autres, frères !
Quoi ! l'on verrait en vous, dans ces champs funéraires,
Léviathan revivre et renaître Python !
Hommes, Humanité ! se représente-t-on
Les arbres des forêts qui se feraient la guerre,
Qui, soudain furieux, eux si calmes naguère,
Deviendraient des dragons mêlant leurs bras hideux,
Faisant tourbillonner la tempête autour d'eux.
Et jetant et broyant les fleurs, les plumes blanches,
Les nids, dans la bataille effroyable des branches !
Eh bien, sous l'affreux vent soufflant on ne sait d'où,
Vous êtes ce chaos prodigieux et fou !
Ah ! vous vous enivrez d'une vanité noire !
Vous êtes des vaincus, ô rêveurs de victoire,
Vous êtes les vaincus des rois, et sur le dos
Vous portez leur grandeur, leur néant, ces fardeaux ;
L'ombre des rois vous suit, vous tient, vous accompagne ;
Vous êtes des traîneurs de boulet comme au bagne ;
L'orgueil, leur garde-chiourme, est à votre côté ;
Vous avez cette honte au pied, leur majesté !
Débarrassez-vous-en, brisez-moi cette chaîne !
Sortez des quatre murs sanglants de la géhenne,
Ignorance, colère, orgueil, mensonge, à bas !
Hommes, entendez-vous. Vivez. Plus de combats.

Non, la terre d'horreur ne sera pas noyée.
Vous êtes l'innocence imbécile employée
Aux forfaits, et les bras utiles devenus
Scélérats, et je suis celui qui vient pieds nus
Vous supplier, lions, tigres, d'être des hommes.
Il est temps de laisser cette terre où nous sommes
Tranquille, et de permettre aux fleurs, aux blés épais,
Aux vignes, aux vergers bénis, de croître en paix ;
Il est temps que l'azur brille sur autre chose
Que de la haine, et l'aube est souriante et rose
Pour que nous soyons doux comme elle. Obéissons
À la vie, à l'aurore, aux berceaux, aux moissons.
Ne sacrifions pas le monde à quelques hommes.
Soyez de votre sang vénérable économes.
Non, il ne se peut pas qu'un choc tumultueux
D'hommes ivres, pour plaire aux princes monstrueux,
Épouvante ces champs où Dieu met sa lumière.
Quoi ! des mères seront en deuil dans leur chaumière,
Quoi ! des bras se tordront sous les cieux étoiles !
Des morts, pâles, seront entrevus dans les blés
Et sous la transparence effrayante des fleuves ;
Quoi ! toutes les douleurs, les orphelins, les veuves,
Les vieillards, mêleront leurs lamentations... —
Ah ! prenez garde à vous, rois ! car vos actions
D'où sort on ne sait quelle ombre extraordinaire
Font écouter à Dieu les conseils du tonnerre !

LA GUERRE CIVILE
Autre champ de bataille. Rues et places publiques.

        LE PAPE, *apparaissant entre les combattants.*

Commencez par moi. — Quoi ! pauvres, déshérités,
Votre sort vous accable, et vous le complétez
Par de la haine, ayant trop peu de la souffrance !
Vous vous entr'égorgez, fils de la même France !
J'entends autour de vous cette mère crier.
Toi, paysan, tu veux tuer cet ouvrier !
Pourquoi ? De quelque nom que ton travail se nomme,
Il le fait aussi, lui ! vous êtes le même homme ;
Vous semez, sur la terre où l'humanité croît,
Le grand germe sacré, toi l'épi, lui le droit ;
Il travaille, et de plus il veut aimer son frère.
Nul ne doit à la tâche auguste se soustraire ;
L'un est le moissonneur et l'autre l'émondeur.
Dieu, la clarté qui pense, est dans la profondeur ;

Il est l'immense point lumineux de l'abîme ;
Hommes, il resplendit, féconde, inspire, anime,
Et cette vénérable et sereine lueur
Veut faire sur vos fronts briller de la sueur ;
Car le travail est saint, et c'est la loi sublime.
Quoi ! ce n'est pas la bêche, ou l'équerre, ou la lime,
Que vous avez aux poings, c'est le glaive ! Pourquoi ?
Parce que l'ouvrier marche en avant de toi,
Paysan. Il se hâte et l'avenir l'invite.
L'un va trop lentement et l'autre va trop vite.
Peut-être. Dieu le sait. Mais est-ce une raison,
Ô peuple, pour emplir de spectres l'horizon,
Pour plonger dans l'horreur vos mains désormais viles,
Et faire sangloter le tocsin dans les villes ?
Tout est la vie ; et Dieu n'a pas construit de mur.
Ah ! s'il est au-dessus de nous, dans cet azur
Où les réalités sont les axes des mondes,
S'il est des buts certains, s'il est des lois profondes,
Si l'aube en se levant dit vrai, si l'astre est pur,
Et si le ciel est pour la terre un ami sûr,
Si la vie est un fruit et non pas une proie,
L'homme a pour droit, devoir et fonction la joie,
Le travail et l'amour ; et, quel que soit l'éclair
Qui pour un instant jette un orage dans l'air,
Il n'est pas de colère âpre, inhumaine, athée,
Terrible, qui ne doive être déconcertée

Par une mère ayant au sein son nourrisson.

Quoi ! partout la fureur ! Quoi ! partout le frisson,

Le deuil, des bras sanglants et des fosses creusées !

Quoi ! troubler le soleil glorieux, les rosées,

Les parfums, les clartés, le mois de mai si beau,

Les fleurs, par l'ouverture affreuse du tombeau !

Ah ! fussiez-vous vainqueurs, qu'est-ce que la victoire ?

Vous aurez le cœur froid, vous aurez l'âme noire.

À la fraternité rien ne peut suppléer.

Ah ! réfléchissez. Dieu vous créa pour créer,

Pour aimer, pour avoir des enfants et des femmes,

Pour ajouter sans cesse à vos foyers des flammes,

Pour voir croître à vos pieds des fils nombreux et forts,

Pour faire des vivants ; et vous faites des morts !

Vous qui passez, pourquoi haïr celui qui passe ?

Accordez-vous les uns aux autres votre grâce,

Arrêtez ! Arrêtez ! Fraternité !

                        Tout fuit.
Mais l'apôtre se sait écouté par la nuit ;
Et n'est-ce pas qu'il doit parler aux solitudes,
Ô Dieu, les profondeurs étant des multitudes ?

                        Il continue.

IL PARLE DEVANT LUI DANS L'OMBRE

Vivez, marchez, pensez, espérez, aimez-vous.

Nul n'est seul ici-bas. Tout a besoin de tous.

Riche, épargne le pauvre, et toi, pauvre, pardonne

Au riche, car le sort prête et jamais ne donne,

Et l'équilibre obscur se refait tôt ou tard.

Tout bien qui naît du mal des autres est bâtard ;

Et les prospérités ne sont jamais qu'obliques

Et menteuses, sortant des misères publiques ;

L'arbre est malsain ayant un cadavre à son pied.

Rois, ayez peur du trône où votre orgueil s'assied,

Votre âme y devient spectre, et, maîtres des royaumes,

Hélas ! sans le savoir vous êtes des fantômes ;

S'appeler Romanoff, Habsbourg, Brunswick, Bourbon,

Empereur, majesté, roi, césar, à quoi bon ?

Les Pharaons ont fait bâtir les Pyramides ;

Et quand sous le soleil, sous les grands vents numides,
Fouettant leur peuple aux fers, durs comme les destins,
Ils eurent achevé ces monuments hautains,
Qu'ont-ils mis dans ces blocs prodigieux ? leur cendre.
Ô rois, cela ne sert à rien d'être Alexandre,
Sésostris, ou Cyrus à qui le sort sourit,
Il vaut mieux être un pauvre appelé Jésus-Christ.
Le mal que nous faisons trop souvent nous encense ;
Hélas, qui que tu sois, puissant, crains ta puissance,
Qui, de l'autre côté du tombeau, fait pitié.
On est flatté par où l'on sera châtié.
Vous qui faites trembler, tremblez. — Que tout s'apaise !
Quant à toi, travailleur sur qui le fardeau pèse,
Toi qui te sens lion et qu'on traite en fourmi,
Ne perds pas patience et sache attendre, ami ! —
En venir aux mains ? Non. Certes, ton droit suprême,
C'est de vivre, d'avoir du pain, d'exiger même
Plus de salaire et moins de peine, j'en conviens ;
L'immensité te doit ta part des vastes biens,
Vie, harmonie, amour, joie, hyménée, aurore.
L'avenir n'est pas noir ; c'est le matin qui dore
Et remplit de clarté rose les petits doigts
Du nouveau-né riant dans sa crèche, et tu dois
Vouloir cet avenir éblouissant et juste ;
Tu dois, ferme, appuyé sur le travail robuste,
Réclamer le paiement de tes efforts, tu dois

Protéger ton foyer, et faire face aux lois

Si leur sagesse fausse à tes droits est contraire,

Et nourrir ton enfant, — mais sans tuer ton frère !

Sans blesser la patrie et meurtrir la cité !

L'idéal ne veut point mêler à sa clarté

Les Saint-Barthélemys et les Vendémiaires ;

Les principes sereins sont de hautes lumières ;

Dans la Terre Promise on ne met pas la mort ;

L'espérance n'est pas faite pour le remord ;

Peuple, sur le cloaque informe du carnage,

Quel que soit le tueur, sais-tu ce qui surnage ?

C'est sa honte. — L'opprobre éternel du vainqueur,

La pâle liberté morte et l'épée au cœur,

Pour soi l'abjection, pour d'autres le martyre.

C'est là toute la gloire, ô peuples, qu'on retire

Des fauves actions faites aveuglément.

Hélas ! sous le regard fixe du firmament,

Pas de tueurs ; laissons les bourreaux dans leurs bouges.

Je hais une victoire ayant les ongles rouges ;

Je n'aime pas qu'un droit ait des mains de boucher,

Et, quand il a vaincu, soit forcé de cacher

Les fentes des pavés des villes sous du sable.

Le paradis de Dieu deviendrait haïssable

S'il fallait qu'à travers un meurtre on l'espérât.

Quoi ! le droit malfaiteur ! le progrès scélérat !

Homme, crains la balance où tout destin s'achève.

Le mal qu'on fait est lourd plus que le bien qu'on rêve.

L'aurore est hors de l'ombre et les nuits vont finir ;

Crains de mettre une tache au front de l'avenir ;

La liberté n'a pas l'assassin pour ministre ;

L'astre dont la sortie ouvre un gouffre est sinistre ;

Le progrès n'a plus rien de providentiel

S'il ne peut, sans creuser l'enfer, monter au ciel ;

Nul soleil n'a l'ampleur horrible de l'abîme ;

Si grand que soit un droit, il est moins grand qu'un crime ;

Jamais, non, même ayant la justice pour soi,

On ne peut la servir par le deuil et l'effroi ;

La vérité qui tue, affreuse vengeresse,

À des yeux de démon sous un front de déesse ;

Une étoile n'a pas droit de verser du sang ;

L'aube est blanche ; et le bien n'est le bien — qu'innocent.

MALÉDICTION ET BÉNÉDICTION

Les malédictions sont sur les multitudes,

Les tonnerres profonds hantent les solitudes,

Rien n'est laissé tranquille en ce sombre univers.

Les prêtres sont pareils à des gouffres ouverts ;

Qui regarde dedans voit des choses affreuses.

Si tu planes, tout fuit ; tout croule, si tu creuses.

Ô morne angoisse !

                Hélas ! l'anxiété partout.

Que de rêves tombés ! Que de spectres debout !

L'homme, en proie à la nuit dont le prêtre est complice,

Peut-être a devant lui l'échelle d'un supplice

Quand, sentant des degrés dans l'ombre, il dit : Montons.

Le genre humain ignore, erre, marche à tâtons,

Souffre, et ne voit, s'il cherche une lueur propice,
Qu'un flamboiement farouche au fond d'un précipice.
Tout est-il donc fatal ? Rien n'est-il donc clément ?
La vie est une dette et la mort un paiement ;
Satan règne ; le mal fait loi ; l'enfer, c'est l'ordre.

Et j'entendais gémir et je voyais se tordre,
Dans la brume que nul n'explore et ne connaît,
Les tristes nations sur qui tout s'acharnait,
Prêtres, juges, bourreaux, scribes, princes, ministres ;
Les innombrables flots ne sont pas plus sinistres ;
Le tragique océan n'est pas plus torturé
Par les souffles confus du vent démesuré.
L'homme, en ces profonds cieux qu'il nomme noirs royaumes,
Regarde un effrayant penchement de fantômes,
Et tremble. L'inconnu lui jette des clameurs.
Le matin lui dit : Pleure ! et le soir lui dit : Meurs !
Dans l'Inde, tous les dieux taillés dans tous les marbres,
Les blêmes hommes nus vivants au creux des arbres,
En Grèce Bacchus ivre et traîné par des lynx,
Les molochs en Afrique, en Égypte les sphinx,
Le Baal monstrueux, le Jupiter inique,
Au Vatican le pâle et sanglant Dominique,
Tout menace. Partout les peuples sont maudits.
Les rois seuls, noirs élus, sont dans des paradis,
Joyeux, superposés aux supplices des hommes ;

Les courtisans dorés sont les vils astronomes
Qui contemplent d'en bas les rois, ces faux soleils ;
Et les rois sont contents de vivre ; et leurs sommeils,
Leurs réveils, et leurs lits de pourpre, et leurs carrosses,
Leurs trônes, leurs palais, leurs festins, sont féroces.
La guerre en sort. Le prêtre est reptile au tyran.
Le Talmud n'est pas moins lâche que le Coran.
César vainqueur se fait du ciel une province.
Loyola, dur au peuple, est complaisant au prince.
Le fakir est atroce et le bonze est hideux ;
Le crucifix est glaive au poing de Jules Deux ;
Caïphe, âme où l'enfer profond se réverbère,
Interprète Moïse au profit de Tibère.
Ô deuil ! Accablement du morne genre humain !
Pleurs et cris ! Sang des pieds aux cailloux du chemin !
Noirceur du ciel empli par l'immense anathème !

La faute est dans Je hais ! La faute est dans Je t'aime !
Tout est la chute. Hélas ! que faire ? Hommes damnés !
Responsables de vivre et punis d'être nés !
Je médite éperdu dans la nuit formidable.

Quel labeur que jeter la sonde à l'insondable !
Quel gouffre que l'azur qui devient de la nuit !
Terreur ! tout apparaît et tout s'évanouit.
Le deuil reste.

Oh ! disais-je, où donc est l'espérance ?

Soudain il me sembla, comme, dans leur souffrance,

Pensif, je regardais les peuples douloureux,

Voir l'ombre d'une main bénissante sur eux ;

Il me sembla sentir quelqu'un de secourable.

Et je vis un rayon sur l'homme misérable.

Et je levai mes yeux au ciel, et j'aperçus,

Là-haut, le grand passant mystérieux, Jésus.

EN VOYANT UN PETIT ENFANT

Il est le regard vierge, il est la bouche rose ;

On ne sait avec quel ange invisible il cause.

N'avoir pas fait de mal, ô mystère profond !

Tout ce que les meilleurs font sur terre, ou défont,

Ne vaut pas le sourire ignorant et suprême

De l'enfant qui regarde et s'étonne et nous aime.

N'avoir pas une tache efface nos splendeurs.

Nous nous croyons le droit d'être altiers, durs, grondeurs,

Et lui qui ne se sait aucun droit sur la terre,

Les a tous. Sa fraîcheur pure nous désaltère ;

Il calme notre fièvre, il desserre nos nœuds,

Il arrive des lieux obscurs et lumineux,

Des gouffres bleus, du fond des divins empyrées ;

Ses beaux yeux sont noyés de lueurs azurées ;

S'il parlait, des soleils il nous dirait les noms.

Dès qu'un enfant est là, nous nous examinons.
Pensifs, nous comparons nos âmes à la sienne ;
Le plus juste est rêveur de quelque faute ancienne ;
Il suffit, pour qu'on ait besoin d'être à genoux
Et pour que nous sentions de la noirceur en nous,
Que ce doux petit être inexprimable vive ;
Et la création entière est attentive
Aux reproches que fait, même à ce qui reluit,
Même au ciel, puisqu'il est par instants plein de nuit,
Même à la sainteté, triste quand on l'encense,
Cette blancheur sans ombre et sans fond, l'innocence.
De quel droit sommes-nous autour d'elle méchants ?
Que nous a-t-elle fait ? Nos cris couvrent ses chants.
Son aube à nos vents noirs mêle son pur zéphyre.
Est-ce que sa clarté ne devrait pas suffire
Pour nous rendre cléments et pour dompter nos cœurs ?
Non, nous restons ingrats, amers, hautains, moqueurs,
Pleins d'orages, devant cette candeur sacrée.
L'âge d'or, l'heureux temps de Saturne et de Rhée,
Existe, c'est l'enfance ; il est sur terre encor ;
Et nos siècles de fer sur ce tendre âge d'or
N'en font pas moins leur bruit de glaives et de haines,
Et l'on entend partout le traînement des chaînes.

Vous êtes de la joie errante parmi nous,
Enfants ! riez, jouez, croissez. Vos fronts sont doux,

Et la faiblesse y met sa tremblante couronne ;
L'épanouissement d'avril vous environne ;
Sans vous le jour est morne et le matin se tait ;
Chantez. Quand le destin, comme s'il regrettait
De vous avoir dans l'ombre amenés, vous remmène,
Quand vous vous en allez avant l'épreuve humaine,
Votre âme monte aux cieux dans le parfum des fleurs.
Ô chers petits enfants, quand, fuyant nos douleurs,
Vous faites dans l'azur serein votre rentrée,
Quand un nouveau-né meurt, on dirait que, navrée,
La terre prend le deuil des jours qui vous sont dus ;
Et l'aurore est en pleurs quand vous êtes rendus
Par les roses vos sœurs à vos frères les anges.
Il est dans les linceuls une aile, et, dans les langes,
Il en est une aussi ; c'est la même. Ouvrez-la,
Doux amis, sans pourtant nous quitter, pour cela.
Restez, notre prison par vous devient un temple.
Rayonnez, innocents, et donnez-nous l'exemple.
Croyez, priez, aimez, chantez. Soyez sans fiel.
Qu'est-ce que l'âme humaine, ô profond Dieu du ciel,
A fait de la candeur dont elle était vêtue ?

UN ÉCHAFAUD

*LE JUGE sur son siège. LE CONDAMNÉ lié de cordes.
LE BOURREAU, la hache à la main. Au fond, la foule.*

LE PAPE, *regardant l'échafaud.*

Je ne comprends pas.

LE JUGE

Prêtre, écoute. Un homme tue
Un autre homme.

LE PAPE

Il commet un crime.

LE JUGE

C'est pourquoi
On le prend, on lui fait son procès, et la loi

Le tue. Est-ce clair ?

LE PAPE

Oui. La loi commet un crime.

LE JUGE

Qui te donne le droit de nous juger ?

LE PAPE

L'abîme.

LE JUGE

Prêtre, respect aux lois.

LE PAPE

Juge, respect à Dieu.
Cet univers visible est un immense aveu
D'ignorance devant l'univers invisible.

VOIX DANS LA FOULE

— Qu'il meure ! — Il a tué ! — Le talion ! — La bible !
— Le code ! — Allons, bourreau, frappe. Va, compagnon !

LE PAPE, *à l'assassin condamné*

Toi qui donnas la mort, sais-tu ce que c'est ?

L'ASSASSIN

Non.

LE PAPE, *au bourreau.*

Toi qui vas la donner, le sais-tu ?

LE BOURREAU

Je l'ignore.

LE PAPE, *au juge*

Et toi, sais-tu, devant ce ciel qu'emplit l'aurore,
Ce que c'est que la mort, juge ?

LE JUGE

Je ne sais pas.

LE PAPE

Ô deuil !

LE JUGE

Qu'importe !

LE PAPE

Ainsi vous touchez au trépas,
Vous touchez à la hache, à la tombe, au peut-être !
Ainsi vous maniez la mort sans la connaître !
Vous êtes des méchants et des infortunés.
Dieu s'est réservé l'homme et vous le lui prenez.
Vous n'avez pas construit et vous osez détruire !
Ô vivants ! vous n'avez d'autre droit que de dire

À cet homme qui seul sait ce qu'a fait son bras :
Es-tu coupable ? vis, sachant que tu mourras.
Ô vivants, le ciel sent on ne sait quelle honte
Quand, vous regardant faire en votre ombre, il confronte
Le crime et l'échafaud, l'un de l'autre indignés.
Vous saignez du côté du crime, et vous saignez
Du côté de la loi, croyant faire équilibre
Au meurtrier fatal par le meurtrier libre,
Donnant pour contre-poids au bandit le bourreau.
Vous tirez, vous aussi, le trépas du fourreau !
Vous allez et venez dans l'obscur phénomène !
Dieu fait la mort divine et vous la mort humaine !
Sombre usurpation dont frémit le penseur.
Dieu vit ; de l'infini vous percez l'épaisseur,
Peuple, et vous lui changez son coupable en victime.
Un homme monstre est là ; vous l'imitez. Un crime
Est-il une raison d'un autre crime, hélas ?
Faut-il, tristes vivants qui devez être las,
L'homme ayant fait le mal, que la loi continue ?
De quel droit mettez-vous une âme toute nue,
Et faites-vous subir à cette nudité
L'effrayant face-à-face avec l'éternité ?
Ce dépouillement brusque est interdit au juge.
De quel droit changez-vous en écueil le refuge ?
L'homme est aveugle et Dieu par la main le conduit ;
Dieu nous a mis à tous sur la face la nuit ;

Il ne nous a point faits transparents ; il nous couvre
D'un suaire de chair et d'ombre qui s'entr'ouvre
Quand il veut, au moment indiqué par lui seul ;
Vivants, c'est à la mort que tombe le linceul ;
Nous sommes jusque-là des inconnus ; Dieu laisse
Aux âmes un instant pour rêver, la vieillesse,
Le droit à la fatigue et le droit au remords ;
Malheur si nous faisons soudainement des morts !
Que l'obscur Dieu, toujours clément, toujours propice,
Étant le fond du gouffre, ouvre le précipice,
Il le peut, c'est en lui qu'on tombe, et, quel que soit
Le rejeté, c'est Dieu pensif qui le reçoit ;
Mais, vivants, votre loi, qu'est-elle et que peut-elle ?
Sur nous la forme humaine, en nous l'âme immortelle ;
Nous sommes des noirceurs sous le ciel étoilé.
Je m'ignore, je suis pour moi-même voilé,
Dieu seul sait qui je suis et comment je me nomme.
L'arrachement du masque est-il permis à l'homme ?
De quel droit faites-vous cette surprise à Dieu ?
Quoi ! vous mettez la fin de la vie au milieu !
Vous ouvrez et fermez la fatale fenêtre !
À tâtons ! Apprenez ceci : mourir c'est naître
Ailleurs. Quel noir travail, ô pâles travailleurs !
Comprenez-vous ce mot épouvantable, ailleurs ?
Frémissez. Savez-vous le possible d'une âme ?

Montrant le condamné.

Cet homme a fait le mal pour nourrir une femme

Et des enfants sans pain ; mais vous, avez-vous faim ?

Vous le tuez. Pourquoi ? Trouvez-vous bon qu'enfin

Le crime et la justice aient la même figure ?

Ô mort, sauvage oiseau, qui sait ton envergure ?

Tes ailes couvriraient l'horizon de la mer.

La blanche touche au ciel et la noire à l'enfer.

Que savons-nous ? Hélas ! le prêtre craint la bible.

Notre âme glisse au bord sinistre du possible.

La conscience humaine habite un cabanon.

Ce que vous faites là, le comprenez-vous ? Non.

Avez-vous jamais vu quelqu'un tomber dans l'ombre ?

Vous représentez-vous l'immense chute sombre,

Le gouffre, l'infini plein d'un vague courroux,

Ce damné tombant là ? Vous représentez-vous

L'ouverture des mains terribles dans l'abîme ?

Horreur ! l'homme interrompt le silence sublime,

Lui que Dieu mit sur terre afin qu'il attendît.

La justice d'en bas prend la parole et dit :

Ô justice d'en haut, c'est moi qui suis la vraie !

Fils, croyez un vieillard, nous sommes tous l'ivraie.

À peine aperçoit-on la faulx ; quant à la main,

Cachée en ce lieu noir qu'on appelle Demain,

Nous ne la voyons pas. Elle frappe à son heure.

Tuer cet homme ! ô ciel ! il me fait peur. Je pleure.
Est-ce qu'il est à moi ? Qu'est-il ? Dieu seul le sait.
Tuer, sans pouvoir dire au juste ce que c'est,
L'homme au-dessus duquel le ciel profond diffère.
Avez-vous bien pesé ce que vous allez faire ?
Vous figurez-vous, juge, et toi, peuple inclément,
L'aile étrange que peut déployer brusquement
L'être subit, sorti du viol de la tombe ?
Vautour peut-être, hélas ! mais peut-être colombe.
Vous dites-vous ceci : S'il était innocent ?
Peut-être il monte alors qu'on pense qu'il descend.
Que devient votre arrêt devant Dieu ? Les ténèbres
Peuvent faire à nos lois des réponses funèbres.
Soyons prudents devant ce que nous ignorons.
La terre est un point sombre avec des environs
Illimités de brume et d'espace farouche.
Tout l'infini frémit d'un atome qu'on touche.
N'est-il pas monstrueux de penser que la loi
Et l'homme, en cette lutte où l'on sent de l'effroi,
Mêlent des quantités inégales de crime ?
Vous êtes regardés par dessus l'âpre cime ;
Ne faites pas pleurer les invisibles yeux.
Vous avez des témoins attentifs dans les cieux ;
Ne les indignez pas, ne leur faites pas dire :
L'homme tue au hasard. L'homme, en proie au délire,
A dans de l'inconnu jeté de l'ignoré. —

Ah ! c'est un attentat triste et démesuré
De jeter quelque chose à la noirceur muette,
Sans savoir où l'on jette et savoir ce qu'on jette,
D'accroître la stupeur du gouffre avec ce bruit,
La hache, et d'envoyer de l'ombre à de la nuit !

PENSIF DEVANT LA NUIT

La prière contemple et la science observe.

Quand, dans le cloître noir de la sainte Minerve,

Galilée abjurait, vaincu, qu'abjurait-il ?

Dieu. C'est Dieu qu'entrevoit de loin l'homme en exil.

Des épaisseurs de nuit profonde nous entourent.

Les mondes par des feux échangés se secourent ;

Car, ciel sombre, on ne sait quels gouffres sont ouverts.

L'astre fait des envois de rayons, à travers

L'espace et l'étendue immense, à d'autres astres.

L'azur a ses combats ; le ciel a ses désastres ;

Parfois le mage, au fond des firmaments vermeils,

Distingue d'effrayants naufrages de soleils ;

À voir l'effarement des pâles météores

On devine une étrange extinction d'aurores,

Quelque part, dans l'horreur du zénith ignoré.

Dieu seul sait l'étiage et connaît le degré

Jusqu'où doit croître ou fuir la marée inconnue.

L'univers n'est pas moins remué que la nue

Par un souffle ; et ce souffle a lui-même sa loi.

Le savant dit : Comment ? le penseur dit : Pourquoi ?

La réponse d'en haut se perd dans les vertiges.

L'ombre est une descente obscure de prodiges.

Sans cesse l'inconnu passe devant nos yeux.

Mais, ombre, qu'est-il donc de stable sous les cieux ?

La justice, dit l'ombre. Aucun vent ne l'emporte.

C'est pourquoi, nous pasteurs, nous devons faire en sorte

Que l'homme reste bon et sincère au milieu

De tous les changements d'équilibre de Dieu.

ENTRANT À JÉRUSALEM

Peuple, j'ai dit au Monde et j'ai dit à la Ville :

Plus de guerre étrangère et de guerre civile.

Plus d'échafaud. Devant le ciel bleu Liberté,

Égalité devant la mort, Fraternité

Devant le Père. Aimons. Force, aide la faiblesse.

Éclairez qui vous nuit ; guérissez qui vous blesse.

Paix et pardon. Soyez cléments aux criminels.

Le droit des bons c'est d'être au méchant fraternels ;

Le juste qui n'a pas d'amour sort du précepte ;

Et le soleil n'est plus le soleil s'il excepte

Les tigres et les loups de son rayonnement.

J'ai montré dans le ciel le grand désarmement,

L'équilibre, la loi, l'azur, l'astre, l'aurore.

J'ai dit : Pitié ! laissez le repentir éclore.

Juges, pensez ; bourreaux, reculez ; vis, Caïn.

À qui n'a plus hier ne prenez pas demain ;
Laissez à tous le temps de racheter les fautes.
Soyez d'humbles songeurs, soyez des âmes hautes.
Riches, c'est en donnant qu'on s'enrichit ; semez.
Pauvres, la pauvreté n'est point la haine ; aimez.
Toute bonne pensée est une délivrance.
Si noir que soit le deuil, conservez l'espérance ;
Car rien n'est plein, de nuit sans être plein de ciel.
La haine est un vent sombre et pestilentiel ;
Aimez, aimez, aimez, aimez, — soyez des frères.
Et maintenant, ayant fait face aux téméraires,
Ayant lavé le fond du vase baptismal,
Ayant diminué sur la terre le mal,
Vieillard pensif qui n'ai d'autre force que d'être
Chez les peuples un pauvre et chez les rois un prêtre,
Compagnon des douleurs, des exils, des grabats,
Je viens près de celui qui fit voir ici-bas
Toute la quantité de Dieu qui tient dans l'homme ;
Je prends Jérusalem et je vous laisse Rome,
Jérusalem étant le véritable lieu.
Hommes, je viens me mettre en prière chez Dieu.
Je ne me sens réel que sur ce mont sévère ;
L'ombre est au Capitole et l'âme est au Calvaire ;
Là-haut l'ange et le saint trouvent que j'ai raison,
Quittant César pour Christ, de changer de maison,
Et je monte, appuyé sur l'aigle et la colombe,

De ce bas-fond, le trône, à ce sommet, la tombe.

Je me fais serviteur du sépulcre, sentant

Près de moi le grand cœur de Jésus palpitant.

Ô rois, je hais la pourpre et j'aime le suaire ;

Et j'habite la vie, ô rois ! vous l'ossuaire.

Car la toute-puissance est un squelette noir.

L'homme tend une main au mal, l'autre à l'espoir ;

Tantôt il court, tantôt il trébuche, et je mène

Et j'éclaire quiconque aide la marche humaine.

Allons en avant. L'ombre est morte ; et déjà tous

Nous sentons la chaleur d'un avenir plus doux.

Nous nous sommes trouvés ; longtemps nous nous cherchâmes.

J'ai marché dans la vaste obscurité des âmes ;

Je vous ai dit : Je suis le jour. Pour vous je nais.

Et vous êtes venus, voyant que je venais.

Ô vivants, ouvriers de l'œuvre universelle,

Travaillez ; que l'enclume éternelle étincelle ;

Soyez purs, soyez doux, soyez frais, soyez bons.

Tous sur le grand travail sacré nous nous courbons.

Nous prêtres, nous prions. Puisse notre prière,

Sortie amour de nous, entrer en vous lumière !

Peuple, aimez. On devient lumineux en aimant.

Ce serait être injuste envers le firmament

Que de répondre aux feux d'en haut par nos ténèbres.

Que, l'azur étant pur, les âmes soient funèbres,

C'est mal ; et l'Éternel a fait les vérités,

Les devoirs, les vertus, afin que leurs clartés

Illuminent le sombre intérieur des hommes ;

Et pour que, dans le monde insondable où nous sommes,

Et devant l'infini plein d'invisibles yeux,

Les cœurs ne soient pas moins étoilés que les cieux.

Peuples, aimez-vous. Paix à tous.

LES HOMMES

Sois béni, père.

DIEU

Fils, sois béni.

SCÈNE DEUXIÈME
RÉVEIL

RÉVEIL

Le Vatican. — La chambre du Pape. — Le matin.

LE PAPE, *se réveillant.*

Quel rêve affreux je viens de faire !

———

Victor Hugo

LA PAPAUTÉ

Réponse au Pape de M. Victor Hugo d'Amélia de Bompar (1879)

DÉDICACE AU T. S. PÈRE LE PAPE LÉON XIII

La Papauté me dit : « Je siège au Vatican.

Le schisme est un ruisseau ; moi, je suis l'Océan.

Dans mon sein je reçois l'eau fangeuse et l'eau pure ;

Le fleuve aux larges bords, à la vaste embouchure,

Disparaît dans mes flots, dans les immensités

De l'insondable abîme aux fonds illimités.

La Papauté me dit : Héritier de saint Pierre,

Du Christ j'eus des pouvoirs pour donner la lumière ;

Son esprit descendit, souffle mystérieux,

Pour nous régénérer, et remonter aux cieux.

Les apôtres, par lui, firent le grand symbole ;

La Papauté redit sa divine parole ! »

AMÉLIA DE BOMPAR.

À VICTOR HUGO

Il faut avoir la foi pour oser vous répondre.

Mes vers à vos beaux vers peuvent-ils correspondre ?

Non, pour ma conscience et ma religion,

Que vous rabaissez trop, je viens sans passion

Dire à ce grand esprit que, malgré sa puissance,

Mon admiration, je prendrai la défense

Que certes, sans vouloir vanter la Papauté,

Elle nous a montré son efficacité.

Du saint nom de Pie Neuf peut-on plaider la cause ?

Je me sens si petite ! elle est si grandiose !

C'est au nom du Christ mort que j'élève la voix.

J'ose beaucoup, c'est vrai : je marche avec la Croix.

APPEL AU CIEL ET À LA TERRE

Venez, enfants du Christ, et vous, anges du Ciel !
Venez tous les martyrs, Marie et Gabriel !
Portez vos palmes d'or, joignez-vous à l'archange ;
Réunissez d'en haut la céleste phalange ;
Traversez les éthers pour défendre la foi,
Pour défendre en ces temps et le Christ et sa loi !
Il n'est plus d'unité par la libre pensée,
Ni de croyants : la funeste voie est tracée.
Apôtres de Jésus, saint Jean le bien-aimé,
Venez à mon secours ! Vous avez raconté
Ce récit simple, grand, qu'on nomme l'Évangile.
Au dix-neuvième siècle est-il, hélas ! stérile ?
Enseignements du Christ, vous palpitez encor !
Anges, pour les louer, prenez vos harpes d'or !

Laissez tomber vers moi les plumes de vos ailes :
Je veux chanter aussi les gloires éternelles.

LA PAPAUTÉ, C'EST LE PARDON
PAPE ET ROI

Qui l'aurait cru jamais qu'Emmanuel le Grand,
De tout un peuple aimé, régnant en conquérant,
Jeune, robuste, fort, paraissant plein de vie,
Serait avant Pie Neuf pleuré par l'Italie ?...
Tout paraissait lugubre autour du Quirinal ;
Une sourde rumeur disait le roi fort mal :
« Le roi se meurt ! » Et puis on parlait à voix basse,
Pressentant d'un malheur la terrible menace.
On se groupait autour de chaque messager ;
Tout le peuple, inquiet, voulait l'interroger.
Pendant qu'en la stupeur chacun attend, écoute,
Son geste, son regard, ne laissaient que le doute ;
Et, traversant le Tibre, allant au Vatican,
La funèbre nouvelle avait pris son élan,
Et Pie Neuf, pâlissant, a montré ses alarmes.

Ému, peiné, surpris, prêt à verser des larmes,

Il ne se contint plus ; on l'a vu qui pleurait

Sur cet Emmanuel qui pourtant le leurrait,

Qui prenait ses États, tous les biens de l'Église,

Et qui du Quirinal avait fait bonne prise !

Le Pape oubliait tout, rempli d'amour divin.

Il regardait les cieux. Élevant cette main,

La main du prisonnier qui bénissait le monde

Jadis sur Rome, il dit : « La prière est féconde ;

Je pardonne, ô Jésus ! vous avez pardonné !

C'est le plus beau pouvoir que vous m'ayez donné.

Je suis le grand pasteur, cette brebis m'est chère ;

Elle est de mon troupeau, je dois agir en père ! »

Est-ce un beau rêve ? Non, il ne le rêvait pas,

Il sauvait l'oppresseur à l'heure du trépas.

Lui, le Pape, il pardonne ! Ô trop sainte victime !

C'est beau ! c'est noble et grand ! cet exemple est sublime.

Est-ce pour ton bonheur que tu fis l'unité,

Italie ! Italie ! en pleurant l'équité ?

Peuple, monde, univers ! le roi reste sans vie !

Avenir, réponds-moi, que sera l'Italie ?

LE CONCILE

Pour arrêter les maux qui menaçaient l'Église,
Une décision par le Pape fut prise :
Il appelait à Rome et dans le Vatican
Des évêques nombreux, qui siégèrent un an.
Du fond de l'univers ils s'étaient mis en route
Pour le bien de l'Église et de l'homme qui doute.
Les sceptiques du siècle et l'incrédulité
Faisaient un grand danger à la société.
Il fallait arrêter la pensée en orgie.
Pour le monde chrétien c'était une œuvre pie,
Et tous, silencieux dans le recueillement,
Ils priaient, ils jeûnaient, vivant austèrement ;
Ils demandaient à Dieu l'esprit et la lumière
Pour amoindrir des temps le souffle délétère.
Pour apporter dans l'urne un vote, chaque jour

Dans Saint-Pierre de Rome ils allaient tour à tour ;

C'est ainsi qu'on faisait, c'était l'usage antique,

Et l'orgue harmonieux frappa le saint Cantique.

Éclairés par l'Esprit, à la majorité

Ils avaient défini l'infaillibilité.

L'INFAILLIBILITÉ DE LA PAPAUTÉ

Savez-vous ce que c'est l'Infaillibilité ?

Eh ! non, vous ne le savez pas, en vérité !

C'est le pouvoir du Pape et sa prépondérance.

Marchant avec l'Église, il a toute-puissance

Pour nous conduire au bien et réformer les mœurs,

Que sape la pensée aux funestes erreurs.

Par la religion il ordonne et nous mène,

Laissant l'art, la science, où chacun se démène

Pour trouver l'inconnu. D'une solution

L'un cherche le secret, la révélation

D'une étoile nouvelle, un soleil qui se lève,

Puis un autre immobile... un monde que l'on rêve !

Eh quoi ! vous, celui-ci, celui-là, ce docteur,

Cet ignorant ou ce savant supérieur,

Pourraient juger la Bible, au texte difficile,

Mystique, grand, profond, ainsi que l'Évangile !

Tous en sauraient l'esprit ! C'est bien là notre orgueil !

De la libre pensée il a montré l'écueil.

Les divagations que nous voyons sans cesse

Prouvent qu'il vaut bien mieux écouter leur sagesse

Vous dites que le Pape est comme nous pécheur ;

Mais vous avez raison, il a son confesseur.

Il ne faut pas confondre avec notre matière

L'Esprit, non : cette erreur serait trop singulière.

L'enseignement du Christ donne à la Papauté

Ce droit fort, imposant, l'Infaillibilité.

L'INFAILLIBILITÉ DU MAGISTRAT
L'ÉCHAFAUD, LE PRÊTRE

Quoi ! cet homme a tué, vous ne voulez qu'il meure !

Que sans aucun remords il reste en sa demeure !

— Le pauvre homme, s'il a tué, c'est pour l'argent,

Dont il a grand besoin... Il était indigent !

— De dix coups de couteau sa victime est percée ;

Du tranchant de sa hache une autre est trépassée.

L'un a tué son père et l'autre son enfant ;

Entre deux matelas il allait l'étouffant ;

Et cette autre martyre, après l'avoir blessée,

Elle n'était pas morte, il l'avait dépecée.

Il tremble, l'affreux lâche, alors qu'il va mourir !

Il avait le bras sûr lorsqu'il les fit périr.

Au jury réuni le Code est inflexible ;

Signant l'arrêt de mort, le juge est infaillible.

Homme, tu disparais devant le magistrat ;

La loi forte punit, frappe le scélérat.

Malheureux ! quels pensers t'ont fait commettre un crime ?

Tu ne croyais donc pas marcher vers un abîme ?

Cette idée est affreuse, un homme est au bourreau !

Qu'un bourreau soit un homme aiguisant le couteau,

Regardant bouveter tous les bois de justice

Et hisser le tranchant sans que son front pâlisse,

Malgré l'épouvantail, il est des assassins !...

Tremblez, humanité ! sonnez, tristes tocsins !

L'homme agonisant marche, on va trancher sa vie

En deux ou trois moments, et le crime s'expie !

Le couteau tombe ! il meurt. La mort ! l'éternité !

Mort hideuse, sanglante, en sa lividité !

Quel funèbre spectacle ! Et l'on dit que la foule

Avide vient, accourt, compacte, se déroule !

Voilà l'horreur ! Que vas-tu voir vers l'échafaud ?

Un vivant mort, cruelle ! On crie, on fait l'assaut,

On parle, on compte l'heure, on rit ou l'on écoute ;

Le peuple impatient distille goutte à goutte

La sueur de ce mort !... Sceptique raffiné,

Cherche l'émotion !... Voici le condamné !

Eh bien ! moi, je le plains lorsque je vois le prêtre

Qui lui parle bien bas, le soutient, et peut-être...

Cette âme repentante a demandé merci,

Grâce ! Le Christ entend du cœur ce dernier cri.

L'INFAILLIBILITÉ DE LA BANQUE DE FRANCE

Un monsieur vint chercher à la Banque de France
En or, cent mille francs, — et voyez donc sa chance ! —
En recomptant chez lui, de mille francs de plus
Elle avait fait erreur. L'homme, plein de vertus,
Prend vite le billet, court prévenir la Banque.
« Monsieur, que ce soit trop, ou si l'argent vous manque,
La Banque, sachez-le, ne se trompe jamais. »
On ferme le guichet. « Eh ! Monsieur... pourtant... mais.
Et si quelqu'un disait : « Cela n'est pas impossible !
La loi le veut ainsi, la Banque est infaillible ! »

LA PAPAUTÉ, C'EST L'UNITÉ

Des grands maux de ce siècle il faut frapper l'esprit ;

Notre société s'abaisse et dépérit.

De nos mœurs relâchées si l'on cherchait la cause,

Dieu ! qu'on verrait l'orgueil primer à forte dose !

Chacun voudrait avoir une religion

À soi, pour soi : c'est bien. La contradiction

Déplaît à tous : c'est vrai, chacun a du génie ;

À Dieu l'on ne croit plus : c'est la grande manie.

L'un montre un esprit fort : par l'enfouissement

Il se fait enterrer — c'est neuf — civilement ;

Il est libre penseur — la pensée est nouvelle ; —

Elle a fait du chemin. Cet homme se révèle,

Et sa religion, est de n'en pas avoir.

La chair est tout pour lui : là finit son espoir ;

L'âme, le corps, l'esprit, même l'intelligence,

Dans le ver du tombeau terminent l'existence.
Pour faire une hérésie il faudrait croire en Dieu :
Ils n'ont pas ce foyer pour allumer leur feu.
Luther, Calvin, Servet, et vous, Savonarole,
Savez-vous du penseur l'orgueilleuse parole ?
Voltaire a dit lui-même, on n'en saurait douter :
« Si Dieu n'existait pas, il faudrait l'inventer. »
Le croirait-on, vraiment, dans le siècle où nous sommes,
Que l'on rabaisse autant le noble état de l'homme ?
L'un, d'un horrible singe a fait l'humanité,
L'autre le fait grouiller d'un cloaque infecté,
Du beau travail de Dieu déniant l'existence,
Niant et sa parole et notre intelligence,
D'un perroquet, d'un tigre, ou bien d'un éléphant
Très perfectionné par le monde savant.
Quoi ! l'homme sortirait d'une bête de somme,
Niant Dieu, Jésus-Christ, Adam et la pomme !
Malgré ces grands esprits surgissant chaque jour,
Babel est parmi nous, — je reconnais la tour, —
Et l'Évangile est là pour nous servir de guide.
Les apôtres du Christ en ont fait notre égide.
Oui, notre bouclier sera la Papauté ;
Elle est le seul lien de l'esprit d'unité !

LE PAPE DEVANT LA VILLE ÉTERNELLE

Je suis ton prisonnier. Rome, ville éternelle,

Rome, Église du Christ, Rome l'antique, belle,

Superbe, grandiose et sainte, réponds-moi.

L'Antéchrist est venu : dois-tu sauver la foi ?

Lorsque de tes États je fus dépositaire,

Ils ont voulu saper l'Église de saint Pierre ;

Ils ont tout pris, du Quirinal au Vatican ;

Le Panthéon garde la tombe du tyran.

Il ne me reste plus que la grande parole,

Et pour vivre toujours, de mon peuple... une obole !

LE DENIER DE SAINT PIERRE
MIRACLE DU XIXE SIECLE

Au sein de ses États Pie Neuf est prisonnier ;
Pour nourrir ses brebis il demande un denier.
On prévint le troupeau que l'Église en souffrance
S'est couverte d'un crêpe et n'a plus d'espérance
Qu'en ses nombreux enfants. Alors, pleins de douleur,
Ils étaient tous venus secourir le malheur,
Donnant, pour soulager la peine du Saint-Père,
Donnant quelques écus pour cacher sa misère.
Du dix-neuvième siècle incroyants et croyants,
Sachez que ces deniers furent si fécondants
Qu'ils traversaient les mers pour nourrir de la Chine
Des enfants que fauchait une horrible famine,
Qu'ils rachetaient aussi le chrétien prisonnier.
On a vu des millions provenir du denier.

Vous avez accompli ce visible miracle

Sous nos yeux, chaque jour, vrai Christ du tabernacle.

LE PAPE DEVANT L'ARMÉE

Enfants de la patrie, il faut bien la servir ;
Vous allez la défendre et peut-être périr.
Jésus est mort pour nous et pour sauver le monde,
Votre vie est à Dieu ; la vaillance est féconde :
Je viens pour vous bénir, je suis le grand pasteur ;
Je bénis ce drapeau que soutient la valeur.
Ô soldats généreux ! mourir pour la patrie
Est la plus belle fin de votre noble vie !
Quoi ! la paix éternelle est donc la seule paix,
Puisqu'on fait ici-bas la guerre et ses hauts faits.
Je suis le grand pasteur qui doit bénir le monde :
Je vous bénis, martyrs ; la valeur est féconde.

LE PAPE DEVANT LA GUERRE CIVILE

C'était pendant les jours de cette guerre impie

Où les Français entre eux voulaient s'ôter la vie.

Pour calmer ces fureurs, l'archevêque parut.

Atteint par une balle, en martyr il mourut :

C'est par la charité qu'il tombait leur victime.

Ramenant son troupeau, le pasteur fut sublime !

Pour ses chères brebis il a montré son cœur

Et tout le dévouement qu'il a pris du Sauveur.

Mais, avant de mourir, il dit : « Je vous pardonné ;

Vous me faites porter du martyr la couronne ! »

Plus tard, quels souvenirs !... Aux jours de nos malheurs

Les mères de ces temps ont versé bien des pleurs !

Pardonnez-leur, mon Dieu ! des crimes exécrables !

Les cieux se sont voilés aux clameurs détestables ;

On les mit contre un mur, également rangés...

En chantant le cantique ils étaient tous tombés !
Tous ces prêtres martyrs furent pris pour otages.
Ces crimes se diront, épouvantant les âges...
Et le Pape priait, étant le bon pasteur,
Sans pouvoir empêcher un aussi grand malheur !

URBI ET ORBI
LA BÉNÉDICTION PAPALE

Jésus, s'humiliant aux pieds de ses apôtres,

Leur a dit : « Aimez-vous et les uns et les autres. »

Au moment de périr sur la divine croix :

Pardonnez-leur, Seigneur ! dit l'expirante voix ;

Ne suis-je pas venu pour expier leur crime ? »

Alors, au Vatican, c'était l'heure sublime !

Le Pape vient donner sa bénédiction

Au peuple agenouillé, rempli d'émotion.

Élevant cette main qui va bénir le monde,

Je bénis l'univers. Que le paix soit profonde.

Sainte Religion, Jésus l'a faite ainsi.

Vous êtes pardonnés *et urbi et orbi*.

LA FÊTE À DIEU

Aujourd'hui c'est la fête, enfants ; allez à Dieu ;
Portez tous les parfums de votre premier vœu.
Les cloches se joindront à vos touchants cantiques.
Les lumières, l'encens aux orgues magnifiques.
Laissez venir à Dieu tous les adolescents ;
Ils ont le front si pur ! leurs cœurs sont innocents,
Ils garderont longtemps de ce jour mémorable
Le bonheur radieux, la joie inénarrable.
Souvenirs de l'enfance, oh ! que vous êtes doux !
On a vu bien souvent des pères, à genoux,
Se rappeler encor ces beaux jours de la vie,
Et ces jours oubliés reprenaient leur magie.
Aujourd'hui c'est la fête ; enfants, allez à Dieu ;
Portez tous les parfums de votre premier vœu.

ENCORE À VICTOR HUGO

Vous ne croyez donc pas que notre premier père

De ce beau paradis fut chassé sur la terre,

Pour avoir trop suivi de l'ange révolté

L'avis pernicieux, d'avoir été tenté,

D'avoir désobéi, d'avoir mangé la pomme ?

Mais ne voyez-vous pas le triste état de l'homme,

Que Dieu faisait si grand, qui s'est fait si petit ?

Par amour pour son Fils, Dieu ne l'a pas maudit.

Quoi ! vous ne croyez pas à la Vierge Marie,

Et tout cela, pour vous, est de l'idolâtrie !

Vous qui parlez si bien à vos petits enfants,

Pour les rendre plus doux lorsqu'ils font les méchants,

Je leur dirai : « Jésus est né dans une crèche.

Ô le pauvre petit ! » Je n'ai pas l'âme sèche,

Et je suis attendrie au choix de ce berceau.

Vous ne trouvez rien là de magnifique et beau
Et l'étoile au zénith qui trace à chaque mage
La route qu'il doit prendre afin de rendre hommage
À cet enfant tout nu parmi les animaux,
C'est bien le fils du Dieu qui fit les passereaux !
Lorsqu'aux petits enfants on raconte ces choses,
Et puis, qu'on leur fait voir les beaux Jésus tout roses,
Ils comprennent très bien qu'un Jésus en carton
N'est pas le vrai Jésus, que ce petit mouton
N'est pas le naturel, s'il a des yeux de verre ;
Si Jésus est en cire, au siècle de lumière,
De l'image et du vrai pouvait-on se tromper ?
Cette innocente image, il faut la rejeter :
Au jour des grands progrès, c'est un vrai vandalisme.
Raphaël, Michel-Ange ont attaqué le schisme.
On comprend qu'un barbare ignorant, bestial,
Adore un Dieu de bois au culte de Baal.
Lorsque de Raphaël je vois les toiles peintes,
Oh ! que j'aime à prier devant ces belles saintes !
Cette Vierge à la Chaise inspira ses pinceaux,
La belle mosaïque et tous les saints tableaux.
Alors de Michel-Ange il faut briser *Moïse*,
Son *David*, ce *Saint Pierre*. Allons, que tout se brise ;
Car, pour être logique, il faudrait tout nier
Et faire du chef-d'œuvre un immense bûcher !

ECCE AGNUS DEI
L'HOSTIE

Et vous voulez encor nier l'Eucharistie,

Ce pain qui nous soutient, ce vrai pain de la vie

C'est là que nous puisons la force et puis l'espoir.

Par elle la vertu remplit mieux son devoir :

C'est par le pain sacré que cette sœur des pauvres

« Remplit sa mission dans Metz et les Hanovres ».

Saint Vincent dans ce pain trouva la charité,

Pour venir au secours de toute pauvreté.

Il allait dans la neige en cherchant une proie,

La nuit. L'enfant trouvé faisait toute sa joie ;

Il le ramassait vite, et, dans son grand manteau,

Il sauvait l'enfant nu de cet affreux tombeau.

Il eut cette pensée en élevant l'hostie !

Ce pain miraculeux, c'est bien l'Eucharistie ;

Ce pain fit les martyrs, la sœur de charité :
C'est le pain de l'apôtre et de la chrétienté.

PAPE
LIBRES PENSEURS, LIBRES PENSEUSES

Devant le grand parvis de Saint-Pierre de Rome

Des femmes regardaient tout auprès d'un jeune homme.

Le Pape, les voyant, s'approcha lentement

Et s'avança vers eux ; il leur dit doucement :

« Voulez-vous admirer Raphaël, Michel-Ange ?

Voulez-vous voir de Dieu la superbe louange,

La grande mosaïque et les puissants tableaux,

Nos fresques, notre autel, des papes les tombeaux ?

UNE LIBRE PENSEUSE

Nous ne voulons pas voir, nous n'aimons pas l'Église

Et ne voulons pas trop vous causer de surprise.

Sachez que pour de l'or nous vendons notre amour ;

Nous vivons dans la joie et la nuit et le jour.

Pape, c'est-il ainsi que tu veux que l'on vive ?

Il faut, d'après les tiens, que de tout on se prive.
Nous avons la beauté : qu'importent les vertus !
Du satin, du velours, que voulons-nous de plus ?
Si dans la pauvreté ton Dieu nous a fait naître,
Faudrait-il le servir pour nous donner un maître ?
Notre mère au travail voulait nous condamner ;
Se fâchant, notre père a su nous l'ordonner.
Le pain bis était noir. Il fallait du courage
Pour se lever matin, pour aller à l'ouvrage ;
Autrement le maïs, dans la pauvre maison,
Ne fût pas recueilli dans la bonne saison.
Un jour, on nous a dit que nous étions belles
Et que par la beauté l'on avait des dentelles,
De l'argent, beaucoup d'or, même des diamants,
Mais qu'il fallait choisir parmi tous nos amants,
Vieillards aux cheveux blancs, hommes pleins de jeunesse,
Que nous importe à nous s'ils ont de la richesse ?
À les ruiner tous nous mettons notre orgueil.
De ces amants tondus nous faisons un recueil.
Dans ces beaux tourbillons nous passons bien la vie.
Il m'en souvient d'un seul : faut-il que je l'oublie ?
À son dernier écu, je l'ai vu qui pleurait,
Tandis qu'autour de lui tout le monde riait.
Quel souvenir ! hélas ! ô mes belles années !
Innocence, jeunesse, à jamais écoulées,
Je me rappelle encor les soleils du printemps,

Lorsque nous allions dès l'aurore à nos champs.
Eh ! que sont devenus ces jours de la famille
Où ma mère embrassait sa petite Jeanille ?
Tiens ! je pleure, je crois, et je sens un soupir
Qui gonfle ma poitrine. Oh ! que tu dus souffrir,
Ma bonne et tendre mère, appelant l'infidèle
Que tu ne pouvais plus réchauffer sous ton aile !
Je comprends maintenant tes cris et tes douleurs,
Et mon cœur se déchire en voyant ces malheurs.
Pape, vraiment, j'ai fait un acte détestable...
Je tombe à vos genoux, ce souvenir m'accable.

LE PAPE

Écoutez-moi, ma fille... Avec le repentir
On peut se relever ; je ne dois que bénir.
Il faut vous rappeler que sainte Madeleine
De cendres s'est couverte et vint briser sa chaîne
Aux pieds de Jésus-Christ, renonçant au péché,
Et que sur ses erreurs ses larmes ont séché.
Faites donc pénitence, elle sera féconde ...
Alors, de cette main qui bénissait le monde,
Le Pape la bénit.

LA LIBRE PENSEUSE

Merci, Pape. Jésus !
Je jette ces bijoux — je ne pécherai plus —

Et tous ces diamants dont la source est impure,

Pour reprendre à jamais ma toilette de bure.

Alors, le front baissé, son cœur était ému ;

Elle sentait déjà l'amour de la vertu...

Quelle joie en mon cœur ! je suis régénérée.

Religion sublime !

LE PAPE

Oui, cette âme est sacrée,

Car je suis infaillible, ayant la charité,

Bénissant par l'Église et pour la chrétienté !

LE PAPE

LE PAPE

Mon fils, viens avec moi.

L'OUVRIER LIBRE PENSEUR

Je n'aime pas le prêtre ;

Je sais que trop souvent il veut parler en maître.

Moi, je ne connais rien : mon bon Dieu, c'est l'argent ;

Si j'en ai dans ma poche, alors je suis content.

Du dimanche au lundi j'aime à faire bombance.

Le riche est bien heureux. Sans travailler, je pense

Qu'il peut passer la vie aussi content qu'un roi.

Moi, qui suis souverain, l'argent me fait la loi.

Encore un peu de temps, nous lui ferons la chasse.

Il faudra bien alors que chaque riche y passe !

Mes enfants sont tout nus, je dors sur un grabat...

Est-ce que vous trouvez que c'est un bel état ?

Pape, que faites-vous ? travaillez-vous pour vivre ?...

Vous dites que c'est mal lorsqu'un homme s'enivre ;

Selon vous, le dimanche il faut se reposer.

Moi, je dis que ce jour on doit aussi manger.

Est-ce que l'estomac s'endort ou se repose ?

Est-ce qu'en mon logis tout est couleur de rose ?

L'on y souffre souvent et l'on est en haillons.

Pour éviter ma femme et tous mes marmaillons,

Je le redis encor, lorsque ma poche est pleine,

Je vais fêter mon Dieu : la bouteille est ma reine.

Sous la table je tombe, et, l'estomac repu,

Vraiment, je suis content, parce que j'ai bien bu.

Si je rentre en zigzag, alors ma femme pleure...

Est-ce bien amusant que ma triste demeure ?

Ma couverture en laine est portée en été

Sous verre, vous savez, au Mont-de-Piété.

Alors il fait trop chaud dans la triste mansarde :

On peut pendant ce temps se couvrir d'une harde.

Il faut bien qu'on la rende en la froide saison.

Alors les saints Vincents remplissent la maison,

Et puis, la grande dame apporte son aumône.

Mais moi, je ne veux pas que, lorsque l'on me donne,

On dise : « Pauvre femme ! avec un air hautain,

Ne vous tourmentez pas, nous reviendrons demain. »

On la traite en douceur, on a l'air de la plaindre,

Et pour me porter tort elle se met à geindre ;

Mais, lorsqu'ils sont partis, je partage avec eux ;

Je leur laisse le pain, je les rends bien heureux.

Un jour, — je m'en souviens, — c'était trop, je l'avoue,

On m'avait retiré plusieurs fois de la boue,

J'arrive en la mansarde, où ma femme pleurait.

« Tu pleures, mécréante ? » Elle alors se cachait.

« Piff ! paff ! attrape ça ! Quelle femme ennuyeuse !

Enfin, tu ne veux pas paraître un peu joyeuse ?

Est-ce que de moi, dis, tu pris jamais souci

Pour réparer ma blouse et la laisser ainsi ?

Faut-il à tes enfants apprendre la prière ?

Alors, que ton bon Dieu leur ôte la misère ! »

Et tout à coup une dame de charité

Entre chez nous et dit d'un air d'autorité :

« Voici pour vous. » — « Merci, jusqu'au jour du partage,

Que des riches alors on fera bon carnage, »

Disais-je entre mes dents. On portait deux paniers

D'habillements, de pain, de vin et de souliers.

Je pris une bouteille et je me mis à boire,

Tout en la saluant, vous pouvez bien me croire.

La dame veut parler pour me faire un sermon,

Mais elle partit vite et sans objection :

Les robes, les manteaux passaient par la fenêtre.

Lorsque je suis chez moi, je veux être le maître.

Quand viendra le bon temps où je pourrai remplir

Ma poche d'or de ces gourmands, ah ! quel plaisir

De ne plus travailler, d'être toujours en noce !

Je crois que ce jour-là je roulerai ma bosse...

Hein ! Pape, qu'en dis-tu ? Voilà le bel espoir

Que l'on nous a donné ; j'espère bien le voir.

Qui ne sera pas gai ce jour-là ? C'est le riche.

Que je serai content de lui faire une niche !

LE PAPE

Un jour tu reviendras... N'es-tu pas ma brebis ?

Ma prière est féconde : en priant je bénis.

L'OUVRIER

Ô Pape ! tes vertus vont pénétrer mon âme !

Je reviendrai peut-être... Honni soit qui me blâme !

Merci, Pape, merci ; je m'en vais travailler.

Je sais que mes amis viendront pour me railler.

Je veux qu'en mon logis ma femme soit heureuse...

Pour nourrir ses enfants elle est si courageuse !

Eh bien ! je vais l'aider, Pape, car j'ai bon cœur ;

....

Je veux que ma famille ait encor du bonheur.

Alors, de cette main qui bénissait le monde,

Le Pape le bénit. La douceur est féconde.

LE PAPE — L'INFANTICIDE

L'INFANTICIDE

Pape ! que me veux-tu, puisqu'en moi tout finit ?

Ô jour qui m'as vu naître ! oui, sois trois fois maudit !

J'étais heureuse et douce, au sein de ma famille,

Lorsqu'un jour à mon père on demanda sa fille.

Il la promit, hélas ! et bientôt les apprêts

Annonçaient le beau jour ; mais quels affreux regrets !

Je cédais à l'infâme, exécrable pensée !

Crois-tu qu'il s'est enfui ?... Mon père ma chassée.

Dès ce jour le malheur vint me prendre la main.

Non, je ne pouvais plus échapper au destin.

Mon père fut cruel : ma mère était en larmes,

Et pour sa pauvre fille elle avait des alarmes ;

Mais rien ne put fléchir mon père en son courroux

Lorsque je demandai pardon à ses genoux.

« Non, de mes cheveux blancs je ne veux voir la honte.
Allez, sur chaque front le déshonneur se compte.
Je ne vous maudis pas, remerciez mon cœur,
Je dois sauvegarder votre plus jeune sœur. »
Je pleurais, la voix de mon père était tremblante,
La douleur de ma mère était attendrissante.
Je partis, sans soutien... J'irai dans les déserts
Afin de me cacher au fond des univers.
Au seuil d'une maison j'étais toute pleurante ;
Le maître vint à moi, m'offrit d'être servante.
Pour tout vous raconter, je vais parler bien bas.
Je tremble, j'ai bien peur que l'on suive mes pas.
Ô Pape ! écoutez-moi ; l'horrible confidence
Allégera mon cœur de sa longue souffrance.
Horreur ! le spectre est là, Pape, le voyez-vous,
Qui s'avance à pas lents ? Son œil est en courroux...
Enfin il disparaît. Hélas ! pouvez-vous croire
Ce que je vais vous dire ? Une nuit, nuit bien noire !
En courant, je portai l'enfant dans la forêt ;
Je creusai de mes mains, le fossoyeur est prêt.
Tenant le nouveau-né, je le mis dans la tombe,
J'enterrai sans pitié l'innocente colombe.
Tout à coup un éclair passe à travers le bois,
Les feuilles bruissaient et me semblaient des voix
Qui murmuraient tous bas ces mots : « Infanticide !
Infanticide ! » Et je fuyais d'un pas rapide.

Je l'ai bien entendu, ces arbres me parlaient,

Ils marchaient sur mes pas, et puis ils tournoyaient

Autour de moi toujours ; l'horreur pénétrait l'âme ;

Et dans les profondeurs je voyais une flamme.

Enfin, en me traînant, je quittai la forêt.

Pour ce pauvre petit que j'avais de regret !

Mais que pouvais-je en faire ? Il fallait, pour qu'il vive,

Mourir de faim tous deux : c'était ma perspective ;

Mais je ne pouvais pas le laisser au chemin,

Pour qu'un passant, ému, le prît au lendemain.

On aurait su chercher pour trouver la coupable.

Infanticide, horreur ! Le remords tue, accable.

J'appelle à moi la mort, qui finira mes maux ;

Avec moi tout mourra. Silence des tombeaux,

Dis moi, quand viendras-tu pour terminer ma vie ?

Là se taira la voix de ce remords qui crie.

Non, je ne crois en rien. Eh ! pourquoi croire en Dieu ?

Infanticide ! entends, je vais quitter ce lieu.

Ô Pape ! écoute-moi, n'en dis rien à personne.

Qu'entends-je ? à mon oreille une cloche qui sonne :

« Infanticide ! infanticide ! » Ô le remords !

Glaive poignant, mortel, au cœur toujours tu mords !

LE PAPE

Vincent de Paul, dis-moi, qu'a-t-on fait de ton œuvre ?

Voilà les résultats de la triste manœuvre

Qui fit fermer le tour : ces petits innocents
Que l'on fait tous périr, pauvres petits enfants !
Quels massacres ! Ô Christ ! j'ai l'âme bien émue !
La fille était fautive, et la voilà perdue !
Trop malheureuse femme, il faut venir à Dieu ;
Le repentir est là, dans l'âme il prend son feu.
Une larme versée en faisant la prière
Adoucit votre cœur. Jésus fit ce mystère.
Pleurez, oh oui, pleurez, il pardonne au pécheur.
Par la contrition montrez votre douleur.
Demandez à Jésus le pain de l'autre vie.
Vous aurez le pardon, car le crime s'expie ;
Mais il faut croire au Christ.

L'INFANTICIDE

Pape, oui, j'aime ton Dieu !
Sur la dalle à genoux, j'irai dans le saint lieu.

LE PAPE

Douces larmes du repentir, calmez cette âme,
Donnez-lui du regret la grande et vive flamme.

LE PAPE ET L'INFIDÈLE

Un jour, de mon mari méritant la colère,

Au lieu de nous tuer, — le cœur est un mystère,

Tout rempli de fureur, il ne se vengeait pas.

Nous croyions tous deux au moment du trépas,

Quand d'un air méprisant il rejeta son arme.

Il dit, sa voix tremblait, jugez de mon alarme :

« Madame, c'est très mal d'oublier vos devoirs.

Vous ne craignez donc pas les sombres désespoirs ?

Vous laissez un berceau, vous n'êtes donc pas mère ?

Vous quittez le bonheur pour un rêve éphémère.

Ce véritable ami, Monsieur, eh quoi ! c'est vous

Que j'aimais tendrement... Ô restez à genoux,

Vous entendrez tous deux ce que je viens vous dire.

Vous tuer... c'est trop peu, j'aime mieux vous maudire.

Monsieur, je vous le dis : vous êtes un voleur !

Vous avez pris ma femme en lâche suborneur

Sous mon toit ; vous mettez le trouble en ma famille ;

Vous enlevez la mère à ma petite fille.

Monsieur, c'est trop infâme, et pour vous en punir,

Eh bien ! restez tous deux, c'est là votre avenir.

Avec la honte au front, traînez-vous dans la boue.

Je ne veux pas d'un gant vous soufleter la joue :

Mon gant se salirait de tant de déshonneur.

Vous n'eûtes pas souci de prendre mon bonheur ;

Monsieur, je vous méprise ! Il vint dans ma famille

Pourquoi l'ai-je permis ? et voilà qu'il gaspille

Le bien de mon foyer. Allez, allez tous deux.

C'est ma seule vengeance, et l'acte est généreux,

Infâmes ! » Il partit. Mon âme frémissante

Eût préféré la mort. Sa parole outrageante,

Plus terrible qu'un glaive et plus froide qu'un glas,

Nous avait atterrés ; et, s'éloignant d'un pas,

Mon amant ramassa cette arme meurtrière.

J'accourus, mais trop tard, son corps gisait à terre.

Il respirait encor : « J'ai dû trancher mes jours,

Dit-il, pour le venger et punir nos amours.

Veux-tu que je supporte autant d'ignominie ?

Il fallait en finir avec ma triste vie. »

C'est affreux ! Ô douleur, j'eus son dernier soupir !

Il râlait, se tordant. Que je l'ai vu souffrir !

Auprès du corps sanglant je restais désolée.

Enfin, par un retour de mon âme affolée,

J'aurais voulu mourir, et, dans mon désespoir,

Je maudis mon amant et pleurai mon devoir.

Il ne m'aimait donc pas ? c'est la mort qu'il préfère !

Et plus je réfléchis, ma pensée est arrière,

Mon cœur saignant encor ne demande plus rien.

Mère, sans mon enfant, j'ai perdu tout mon bien ;

La mort est mon désir, ma seule délivrance :

Par elle tout finit, il n'est plus de souffrance !

Comprends-tu ma douleur ?

LE PAPE

Allez, ne péchez plus.

À Jésus revenez, reprenez vos vertus.

LA FEMME

Je suis mère pourtant, je reste sans famille.

Je rougirai sans doute en embrassant ma fille.

Un enfant fait rougir une mère ! Ô mon Dieu !

Que je suis donc à plaindre ! Oui, mourir c'est mon vœu.

Quels regrets ! quels malheurs ! Ô mort qui me délivre,

Mort, viens à mon secours ! non ! je ne dois plus vivre.

LE PAPE

Qui se croit sans péché peut vous jeter la pierre.

Je suis pécheur, ma fille, et je plains la misère.

Ma brebis égarée, allez à votre époux,

Demandez le pardon, mettez-vous à genoux,
Et par le repentir, femme, devenez forte :
Le père de l'enfant vous ouvrira la porte.
L'enfant est innocent, les maux sont oubliés,
Et vos nœuds dénoués seront encor liés.
Alors, de cette main qui bénissait le monde,
Le Pape la bénit. La douleur est féconde !

LE PAPE, LA CHRETIENNE

LA CHRÉTIENNE

Pape, bénissez-moi. Je n'ai plus de famille ;
J'ai perdu mon époux ; je n'avais qu'une fille,
Je l'ai perdue aussi. Je n'espère qu'en Dieu !
Je viens pour le prier, j'entre dans le saint lieu :
Ma consolation est la douce prière.
Au ciel je vois ma fille, elle me dit : « Ma mère ! »
Je vois ses cheveux blonds, elle me tend les bras ;
C'est l'ange qui m'attend à l'heure du trépas,

LE PAPE

Agneau, douce brebis ! viens que je te bénisse.
Je vais beaucoup prier pour que ton mal finisse.
Ma fille, prie encor. C'est dans le sein de Dieu,

Dans ce foyer ardent, qu'un chrétien prend ce feu.

Alors, de cette main qui bénissait le monde,

Le pape la bénit. La prière est féconde.

LE PRÊTRE
DEVANT LE SACERDOCE ET LA CHRÉTIENTÉ

On veut manger du prêtre, aujourd'hui c'est la mode.

Malgré la liberté, même malgré le Code,

Sa robe est à l'index par les libres penseurs.

Par amour fraternel, ils sont ses oppresseurs.

Hommes ! voudriez-vous empêcher que cet homme

Aille à Pékin, Paris, Saint-Pétersbourg ou Rome ?

Qu'il soit un commerçant, ou marchand, avocat,

Auteur ou professeur, docteur ou magistrat,

De sa vocation chacun doit être libre :

D'un grand gouvernement n'est-ce pas l'équilibre ?

L'air appartient à tous ; passez votre chemin,

Je passe à vos côtés et vous donne la main.

Eh ! monsieur le penseur, fûtes-vous toujours sage ?

Est-ce que votre vie a passé sans orage ?

Tout homme est votre frère et vous devez l'aimer.

Tant pis pour lui s'il tombe, il peut se relever.
Mais, si dans votre cœur vit la haine éternelle,
Est-ce donc un vain mot : Charité fraternelle ?
Lorsque sur nos drapeaux je lis : Égalité,
La patrie est à tous, voilà la liberté.
Ici des opprimés je prendrai la défense.
Aux serviteurs du Christ vous faites une offense,
Je la relève enfin d'un cœur trop courageux
Pour ne pas ramener les irréligieux.
Si je le fais en vers, n'étant pas grand poète,
C'est pour mieux m'assurer leur superbe conquête.
Un prêtre n'est qu'un homme ; il est-humanité,
Il ne peut pas d'un ange avoir la qualité.
Il vient pour enseigner la Bible et l'Évangile.
Lorsqu'il nous émeut tous, orateur très habile,
Vous dites : « C'est l'exemple ici qu'il faut montrer. »
Votre raison est bonne, il doit vous le donner.
Un bon prêtre, sans doute, est un homme d'élite,
Et, lorsqu'au moribond qu'un affreux mal alite
Il vient, à son appel, adoucir sa douleur,
Parler de l'autre vie en disant son bonheur,
On a vu le malade, écoutant ces mystères,
Oublier tous ses maux en faisant ses prières :
Il allait retrouver ceux qu'il a tant aimés.
Un prêtre est bienfaisant pour ces cœurs isolés.
A-t-on beaucoup d'amis lorsqu'on est sans richesse,

En ces temps d'égoïsme et puis de sécheresse ?

La mort est assez laide, il faut être chrétien.

Eh ! faut-il donc périr ainsi que meurt un chien ?

Vous venez le blâmer de porter la chasuble.

Faut-il que de haillons à l'autel il s'affuble,

Pour conduire un pauvre homme au trou du fossoyeur,

Où pas un seul ami ne dira sa douleur ?

Le prêtre qui se voue à ce grand sacerdoce,

Lorsqu'il le remplit bien, dans mon esprit se hausse,

Les beaux habits dorés, il les porte à l'autel,

Devant le Sacrement, pour louer l'Éternel.

Avez-vous rencontré le prêtre dans la rue,

Tout seul se promenant, éclaboussant la vue ?

Il a sa robe noire et puis son rond camail ;

Le reste est à l'église, appartient au bercail ;

Les vêtements brodés sont à la sacristie

Avec les ostensoirs, le ciboire et l'hostie,

Les chasubles, l'étole et la croix d'or aussi.

Vous voulez qu'on les vende, et pour donner à qui ?

À la femme perdue, enroulée en la boue,

Qui fait métier du vice et de l'homme se joue,

Qu'on relève aujourd'hui, qui retombe demain ;

Prend l'or de la famille ou la tue en chemin,

Arrachant un époux de la maison honnête

Pour traîner à son char la nouvelle conquête ?

La mère de famille attend longtemps en pleurs

L'époux qui la délaisse et cause ses douleurs.

C'est pour ces femmes-là que vous voulez qu'on vende

Les biens sacerdotaux ! Vraiment, je le demande,

Si plus mauvaise cause eut jamais avocat

D'un aussi grand génie, auteur de tant d'éclat,

Qui vient pour soutenir moins que le demi-monde

Dans ces affreux bas-fonds la plaie est trop profonde.

Est-ce la faute au prêtre ? Ô je ne le crois pas !

Non, la fille perdue et qui n'a plus d'appas

Peut trouver son refuge auprès des saintes filles

Qui pour les convertir ont quitté leurs familles !

On voit dans sa vertu la sœur de charité

Venir soigner le vice en toute nudité.

Il faut bien respecter cette blanche cornette :

De saint Vincent de Paul c'est la belle conquête ;

C'est elle que l'on trouve au seuil des hôpitaux,

Avec son dévouement, pour soigner tous les maux.

Croyez-vous que cette œuvre est une œuvre de maître ?

Eh bien ! Victor Hugo, c'est l'œuvre d'un seul prêtre.

Ce prêtre travailla par l'humble charité.

Son œuvre a retenti dans l'immortalité !

DÉSOLATIONS

Incroyants, devant vous faut-il courber la tête ?

La terre est-elle à vous ? est-ce votre conquête ?

De notre Rédempteur niant l'identité,

Pouvez-vous sans rougir nier la Charité ?

Étoiles et soleils suspendus à la voûte,

Ne brillez plus jamais sur la terre qui doute !

Diamants scintillants, cachez votre clarté !

Cachez au monde ingrat votre chaste beauté !

Si Jéhovah vous dit : Sortez de vos ténèbres !

Maintenant, couvrez-vous de longs voiles funèbres !

Pourquoi rester encor dans le haut firmament,

Dans l'ordre et l'harmonie unis étroitement,

Grands fleuves qui suivez toujours la même voie ?

Sortez de votre lit : la terre est une proie ;

Vos limons fécondants donnaient, chaque saison,

La récolte abondante, une riche moisson !
Terre, ferme tes flancs pour ne plus nourrir l'homme
Qui cherche à devenir une bête de somme !
Il n'a plus de vertu ni d'humaine grandeur,
Et je le vois tomber de toute sa hauteur !
Courbez votre beau front, pur lis de la vallée !
Vous ne recevrez plus la goutte de rosée ;
Les ondes du ruisseau qui coulaient à vos pieds
Ne verront plus mûrir les lourds épis de blés ;
Les jeunes moissonneurs ne noûront plus les gerbes ;
Les papillons nacrés, les grillons dans les herbes,
Tous ceux qui chantaient Dieu lorsque les rayons d'or
Naissaient à l'orient pour monter au Thabor
Se tairont désormais, et la Nature en larmes
Va se plaindre et gémir d'avoir perdu ses charmes !
Le chantre du bosquet, le tendre rossignol,
Vers les deux étoiles ne prendra plus son vol ;
Il n'aura plus d'amour, son aile s'est brisée ;
Sa compagne redit sa plainte désolée ;
Tous les oiseaux du ciel, sur la terre abattus,
Aux lions des forêts se verront confondus.
Montagnes, rapprochez vos cimes éloignées !
Torrents, ne roulez plus vos ondes convulsées !
Tourbillons, pics, rochers, précipices béants
Et gouffres, effondrez le monde en des néants !
Hontes ! malheurs ! Ô temps ! tu les laisseras faire !

Dans ta course rapide, es-tu dépositaire

Du grand livre de Dieu ? Sans répondre, tu fuis,

Tu marches, tu cours, et nos jours sont enfuis !

Courant mystérieux, tu passes, tu demeures

Immuable, debout, attendant les humains.

Tu les vois tous tomber, les fauchant de tes mains.

Ainsi flétrit la fleur, l'herbe, la marguerite.

La mort est inflexible et nous dit : « Passe vite. »

Hélas ! qu'est donc la vie ?... Quelques jours...

Et pourquoi contre Dieu se révolter toujours ?

LE PAPE DEVANT LA RÉPUBLIQUE

Je voudrais bien savoir ce qu'est la république...
Est-ce un bien, est-ce un mal pour la chose publique !
Serait-ce le plus beau de nos gouvernements ?
Pourrait-elle éviter les bouleversements,
Et peut-on l'établir sur de solides bases
Sans la nécessité de faire tables rases ?
À Rome, c'est en conclave qu'on a voté
Chaque jour pour obtenir la majorité ;
Aussi d'un grand esprit et d'un prélat très sage
On s'est vite pourvu pour éviter l'orage.
Elle est bien établie, on sait ce que l'on veut,
Comment il faut agir, comment elle se meut.
Elle a toujours vécu, sa base est très certaine.
Ce bon modèle est la république chrétienne.
Le Pape doit rester Pape jusqu'à sa mort,

Ne laissant son troupeau qu'en arrivant au port.

Est-ce ainsi, dites-moi, que l'on agit en France,

Où chaque ambitieux est rempli d'espérance ?

Abattons celui-ci pour ouvrir le chemin ;

Peut-être que mon tour arrivera demain.

Voilà par quel moyen peu sage, je le pense,

On n'est jamais tranquille en notre belle France.

Je préfère les rois ; mais vous n'en voulez pas.

J'acclame un empereur, vous le jetez en bas.

Les rois ont fait leur temps. Héritier d'Henri Quatre,

Le trône est à vos pieds, et vous vous laissez battre !

Ce n'était pas ainsi qu'agissaient vos aïeux :

Vous voyez qu'Henri Quatre avait fait beaucoup mieux.

Lorsqu'un si long passé rappelle tant de gloire,

Il est buriné d'or au temple de Mémoire.

C'était le droit divin ; Dieu leur avait donné ;

Le peuple était le fils du père couronné.

La légitimité vit sa tête tranchée ;

Ses implacables fils d'un couteau l'ont fauchée.

Napoléon l'a dit : « L'esprit républicain

Marche très vite en France et fera son chemin.

Mais, si je me trompais, elle serait Cosaque

Et prendrait sans remords du forçat la casaque. »

Il l'avait deviné, compris, Napoléon,

Et les temps sont venus pour lui donner raison.

Mais il faudrait nommer un président à vie,

Connaissant son pouvoir, qui jamais ne dévie.
Croyez-vous que c'est mieux d'être à toujours changer ?
Athénien, nous dit-on, que ce peuple est léger !
Si notre république a les deux pieds d'argile,
Français, avons-nous fait une œuvre bien habile ?
Et pour durer toujours il faut tailler le roc,
Alors dans le granit choisir le plus beau bloc.

LE PAPE ET L'ÉGLISE
DEVANT LA FANTAISIE

Vous avez fait un Pape à votre fantaisie.

Il n'est pas très chrétien, — l'heure était mal choisie,

Au moment où Pie Neuf étonnait l'univers

Partant de sainteté, par d'aussi grands revers.

Vous ne savez donc pas tout ce qu'ordonne un Pape ?

La charité sans fin, c'est surtout ce qui frappe,

Et Pie Neuf, pratiquant, eut toutes les vertus

Et tous les dévouements. Que voulez-vous de plus ?

Vous voulez l'hôpital au milieu de l'église.

La charité chrétienne est beaucoup mieux comprise.

Chaque chose a sa place. On a les Hôtels-Dieu,

Où le pauvre est choyé. Laissant l'église à Dieu,

Laissez la liberté pour faire une prière

Où l'âme qui s'éteint retrouve la lumière.

Allez-vous à l'église alors qu'il fait bien froid ?

Vous y verrez le pauvre abrité sous son toit,
Se chauffant les deux pieds sur un calorifère,
Et beaucoup ont béni la porte tutélaire
Où le riche et le pauvre, assis au même banc ;
Puis à la table sainte ils sont au même rang.
Avez-vous vu jamais ailleurs cette merveille ?
Pain régénérateur ! victoire sans pareille !
Là, maître ou serviteur n'ont qu'une qualité ;
Ils s'appellent Chrétien. Voilà l'égalité.

NAPOLÉON
DEVANT LE TREPAS ET LA CHRÉTIENTÉ

Lorsque, sur son rocher, cet autre Prométhée

À ses généraux dit : « Messieurs, n'est pas athée

Qui veut : avec un prêtre il faut causer un peu.

Je vais quitter l'exil et rendre l'âme à Dieu. »

Et le prêtre passait, portant le viatique ;

Il mettait sur ce cœur la très sainte relique.

Regardant l'occident, on tirait le canon...

Deux astres se couchaient : Soleil ! Napoléon !

Copyright © 2025 by ALICIA EDITIONS
Crédits image : Canva, Wikipédia Commons
Portrait de Pie IX peint en 1871 par George Peter Alexander Healy.
https://fr.wikipedia.org/wiki/Pie_IX#/media/Fichier:G.P.A.Healy,_Portrait_of_Pope_Pius_IX_(1871).jpg
https://fr.wikipedia.org/wiki/Victor_Hugo#/media/Fichier:Victor_Hugo_Signature.svg
ISBN Ebook : 9782384555628
ISBN Broché : 9782384555635
ISBN Relié: 9782384555642
Tous droits réservés

www.ingramcontent.com/pod-product-compliance
Lightning Source LLC
LaVergne TN
LVHW032011070526
838202LV00059B/6395